V

字母會

虛擬

L'abécédaire
de la littérature
V comme Virtuel

目次 *L'abécédaire de la littérature: V comme Virtuel*

V如同「虛擬」

楊凱麟

虛擬

~~*L'abécédaire de la littérature*~~
~~*V comme Virtuel*~~

經驗來自我們所看、所聽、所感、所憶、所嫉愛慾恨的總合，但不論身世是何等離奇，經驗又如何稀罕，文學並不是其摹寫與再現，因為經驗從不是文學的真正對象，更不足以拿來檢證文學。保羅・克利（Paul Klee）說，藝術不是使可見之物可見，而是使不可見變得可見。可見之物原本可見，即使書寫成文字仍只是可能經驗的各種描述，只是一些故事、情節與已經實現化其潛能的事物狀態。經驗是「已經永遠死去之物」，文學並不隸屬於此毫無潛能的場域。重點在於「不可見之物」，事物（或事件）的潛能，在時間中正集結或消散的各種細小力量，總是快慢消長中的微觀強度，它們在一切可感知覺的門檻下正無政府地動員或狂亂地四處潰散，這是「非經驗」或「尚未成為經驗」的，但是在事件降臨之前，在「肉身化為可見經驗」之前，這些飽含能量的「小知覺」或「力量微粒」已團團圍住相關的事物，像是一團不可見、不可感與不可思考的雲霧，在微觀層面噴吐散播著經驗的無窮決定因子，這是在所有現實中不屬於經驗卻決定經驗的部分，現實的虛擬性。

以故事之名所羅列的經驗不管真假，即使來自作者的想像或誇大，皆無異於獵奇，或更差，只是變換各種形式的窺淫。但這並不意味文學不能表現淫猥，只是小說即使涉及淫猥亦不停留在單純的色慾與交媾，不在於觀看各種可見物間的因果或「感覺—運動連結」，而是能讓語言深深地被淫蕩的問題所纏祟與裹脅，那些不可見卻又決定現實的虛擬分子雲霧才是小說中的真正誘惑，文學在此直抵事物的創造性潛能。

文學的各種主題：愛情、嫉恨、權力、慾望、殘酷、痛苦、愚昧、虛無……並不停駐於身體與物質的簡單威力，亦不只是社會或歷史的事實刻劃，寫小說必須走得更遠，因為這些「物質事實」及其經驗並不足以賦予現實全部意義，每個事物都圍繞著決定「如其所是」的虛擬現實，但這並不意味著神或奇蹟（機器神）的超越性影響，而是根本與決定性的現實潛能，飽含著「世界的震顫」，在這裡流變成為可見，一切既存的我與我的經驗碎裂，以便重新取得分子化的流動潛能。時間既可以是一分鐘，又是使我們懂得這一分鐘的一分鐘。普魯斯特寫道，「踰越時間秩序的一分鐘以便我們感受這一分鐘且重新創造出踰越時間秩序之人」，這是唯有創作才能解放的真實時刻與鮮活生命，「一點點在純粹狀態下的時間」。

經驗可以說明變化，但卻不是「促使變化之物」，這是何以窮究或創造經驗細節並不能真正表達鮮活的生命，真正對鮮活生命起著決定作用的，是現實中仍飽含潛能的虛擬部位，其「既現在又過去，現實卻不實際，理想而不抽象」。時間在此不再是一秒一秒的加總，而是逆向地將一生的生機灌注到當下一秒，事物重新曝現在無窮虛擬分子與無窮潛能的不可測晃動中，並因而有著宇宙的重新誕生。

V 虛擬

駱以軍

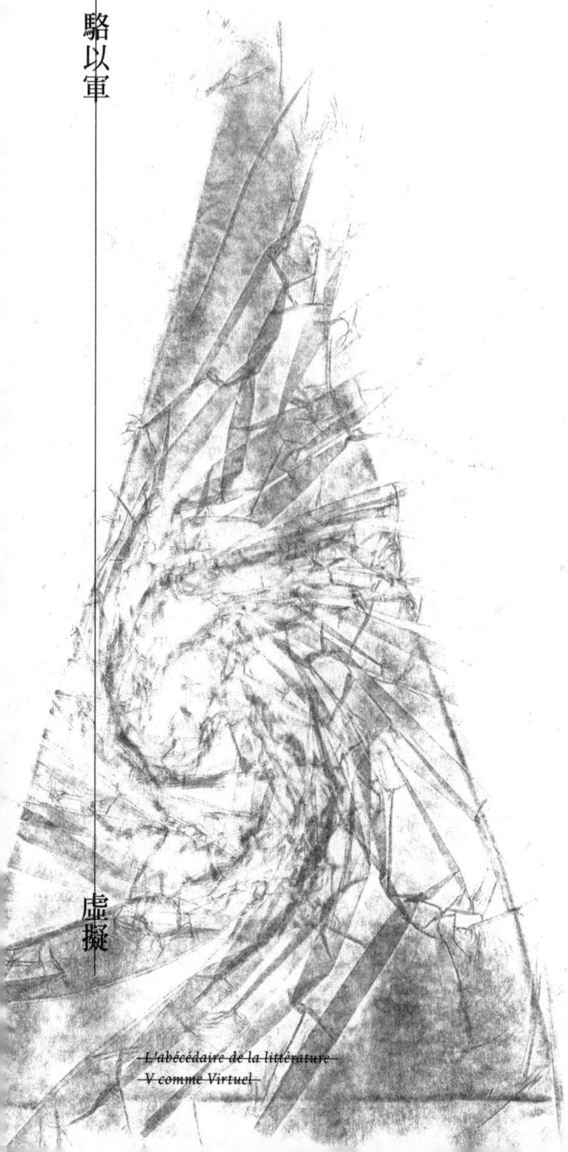

虛擬

~~L'abécédaire de la littérature~~

~~V comme Virtuel~~

有一次去北京開會，主辦方安排住在近郊一處「溫泉度假村」，非常怪，感覺那是一荒僻無太多住客的很大一片地，一棟一棟仿歐式小屋，房間非常大，太大了，裡頭還有一個幾乎就像人家正常旅館一整間房，那麼大的溫泉池。我躺在空蕩蕩屋裡大床上，拿遙控器打開對面牆上的電視，感覺像在走廊這端看盡頭的屏幕。這麼大的房間，卻沒有書桌，沒有閱讀燈。屋裡的裝潢也頗粗陋，感覺應是一家五六口人住這房間，大人打牌小孩玩水的平價度假村，一個人住裡頭，真的有點像鬼屋。

因為第二天評審，要看大批的稿件，那屋裡的燈全是青慘的弱光，我躺在床上(上頭有盞燈)湊合看那些稿，愈看感覺字愈小，且眼花形成重疊翳影。後來便昏倦睡去，醒來後，無論如何都找不到我的眼鏡。我在床邊小几找，床上找，地上找，後來想是否之前洗臉或上廁所，遺放在盥洗臺上，頂著大近視，半用手摸，把浴廁翻找一遍，也想是否剛亂坐在沙發區，忘在客廳⋯⋯，屋子太大，眼鏡不見了，光線又灰濛濛的，那個恐懼，真的是記憶像冰糖那樣脆裂了，若有監視器拍著這屋內，會看見我滑稽地趴在地下，這邊那邊地爬著。我真是怎樣也想不到，會在逆旅中，把眼鏡這小小的貼身之物弄丟，而且是在這屋子裡。

每個角落幾乎都摸過找過三、四遍，當時我心中恐懼地想：「媽的，這屋子是活的，它會吃東西，把我眼鏡給吃了！」

當然也會想，是否眼鏡就戴在臉上？一摸當然沒有！否則會一直在那霧濛濛的恐懼中嗎？我甚至還進到那超大溫泉池裡，摸索池沿周邊，這已對自己記憶失去信心了，明明我之前沒走進這溫泉池。那個感覺真是恐懼，近似我年輕時，有次在山裡飆車，要去找一個朋友，那段路算是頗熟的了，卻在一片密竹林和荒廢矮牆間的小路打迷宮，轉來轉去十幾趟了，最後總回到原點，一間土地公廟。我當時心裡想：「遇上鬼打牆了。」傳說中登山者若在山路遇見一沒有身體的長滿毛的腳，從眼前蹦跳而過，那就必然迷失方位，發生山難，因這就是遇上魈，也就是山鬼，必然在山林中「鬼打牆」。

當然放棄之後，又回頭淺眠，醒來，手往床頭櫃一摸，眼鏡就在那兒。

其實這不稀奇，另一次，同樣在北京，我已在機場要飛回臺灣了，登機前發現我那支胖胖的iphone3不見了，整個超沒安全感，因為我連手錶也沒有，平時看時間都是直接手機上看。通關後在一咖啡屋讀本書，讀一小段就要請問服務員現在幾點了。時間感完全漂浮，又怕錯過登機時間。回臺灣後，寫信請出版社編輯幫我問住宿飯店，有沒在房間撿到一支手機？回信是沒有。總之，我去買了一支最便宜的諾基亞按鍵手機，重申請一張sim卡，其實我平日也沒用手機上網，比較麻煩的是所有朋友的電話資料全沒了。那期間我有一個活動，在華山藝文特區，到了現場發現那場地空無一人，我在那一棟棟老建築間跑來跑去，找不到會場。拿出新手機也無法打電話問相關人等，後來是打給我老婆，請她打給出版社的大姊，再輾轉請她問到主辦方，原來弄錯時間，活動是一週後。

最扯的是，幾天後，那時是冬天，某天我手伸進我那外套胸前一斜口袋，摸到了那消失了快兩週的，我那胖敦敦的iphone3手機，我發誓我當時在北京機場發現它不見，整件外套裡外翻了個遍，而且通關會做金屬檢測，回到臺北家中我又仔細翻找了五、六遍吧，而且我每天穿著這件外套，我的香菸也是放這斜口袋裡，每天手伸進伸出不下十來遍吧？從沒有摸到它的觸感，口袋也沒破，在那段時間，它絕對是不見了。那是怎麼回事呢？我跟兒子說，我的外套口袋是蟲洞，這段時間，胖手機漂流到另一個次元的宇宙，現在它又從半人馬星座漂回來啦。

我念大學時，住在陽明山上，搬過幾處住處，都是藏在山中各偏僻處的違建小屋。最後那三年，我租住在中山樓（就是當年老國代們選出老蔣總統、小蔣總統的那棟中國古代建築）旁一個叫「紗帽山」的小圓山丘山腰，要爬近百階臺階，才到宿舍。那裡原先據說是日本人的「毒蛇實驗所」，戰敗撤走時把實驗室的毒蛇全野放進山裡，所以即使到我們那時已五十多年了，走在濃蔭密覆的步道，還是常一瞥眼，樹梢上、路旁水管、或直接就在石階上，一條青竹絲，或龜殼花，吐信對峙，然後像水流蜿蜒游走。女生住處那裡，也常聽她們尖叫，碗口粗的蛇盤在瓦斯桶旋鈕上，或屋簷下垂著，她們通常會去找消防隊幫抓蛇，而消防隊也超樂意的，我看過他們把捕來的蛇，全用高粱泡成一玻璃缸一玻璃缸的「大補酒」。另有一個日本人留下的足跡，就是某次我找我養的狗，發現我們住處後面整片山坡，種著一排排茶花，有白茶花、粉紅帶血色斑的，樹叢之下，覆著不知多久無人煙的枯葉堆，那些茶花，不可思議地碩大、明豔，想是之前這山坡的主人(我想是否就是那毒蛇實驗所的長官)，好此風雅，在此栽種，人走而整山坡茶花成了野株，被我意外闖入，整個像一片仙境。

那時我們這邊的宿舍，是房東阿婆搭在他們頂樓的違建，分成四間，全租給男生，我和另兩廢柴哥們租了其中三間，另一間則是個怪怪的，大學生就長得(衣著談吐也是)極像個戶政事務所科長的傢伙。我們隔壁棟，也是另一個房東阿婆，把樓上搭了一間違建，租給一個叫謝小姐的女人。樓下則是分租給一群女生。那個謝小姐，我們後來才知道她曾經在酒店上班，年紀大我們一輪，身材窈窕，且常穿著短裙、背心在她陽臺上做瑜珈。那可是讓我們這些二十出頭又沒男女經驗的大男生，看得直流鼻血。我們裡頭一個念日文系，叫小賢的學弟，他的房間就貼著隔壁陽臺，每次謝小姐開始做瑜珈了，他就把我和另一哥們叫去他房間，我們隔窗觀賞著那抬腿、彎腰、左搖右晃的美麗身體。對我那年紀來說，謝小姐代表了和我們周圍那些大學女生完全不同的，所謂「粉味」，有點像太濃的茉莉香膏，其實就像小說裡說的「妖精一樣的女人」，那在我們的經驗世界之外。

那時我後來的女友，正就和一群女孩分租在謝小姐家樓下的一棟老屋，她們是同一個房東，那屋子很妙，沒有浴室，但房東太太在屋前挖了個地窖，裡頭砌一極大的溫泉池，她們每天泡澡，都是泡冒著白煙的溫泉，但必須跑出戶外，鑽進那地下溫泉室。(可能是溫泉的硫磺會腐蝕電器和管線，所以山中老人們都知道挖溫泉池要離開屋子)。這時我常聽那些女孩們發牢騷，說謝小姐常帶一些看去不是善類的男子，招待他們泡溫泉，有時甚至男女共浴。女孩們覺得居住安全受到威脅，甚至大家共泡那浴池，她帶那些不三不四的人進去，萬一傳染什麼髒病給這些清白女孩怎麼辦？他們大約去跟房東太太告了狀，房東太太也警告她了。說來這頗尷尬，但謝小姐不知是樂觀呢，傻呢，或是在社會打滾多年的世故，她碰到我們，仍是笑咪咪地打招呼。

那時我正辛苦追求女友，可以說那真是苦戀，她當時還和交往四年的學長在一起，無法切斷，所以我模糊記憶裡，那段時光我們總像在拍瓊瑤電影：爭吵，她哭泣，而同住的那些女孩不祝福我們反而孤立她。有一次我們在路邊大吵，我憤而騎摩托車飆走，竟撞上一堵牆，整個摔翻在地。她是個很靜的女孩，有次被我說了重話，回去後竟把屋內所有感冒藥啊止痛藥啊幾十顆全吞了，然後我嚇得半死載她下山掛急診。

後來我們就真的在一起了，奇怪那些室友女孩全搬走了，變成我們倆租下那整個一樓。有次謝小姐邀我倆上樓，在她家泡茶，原來她是個奇石收藏家，整客廳大大小小，各種奇形怪狀，紅橙黃綠藍靛紫各種顏色、節理的奇石。她拿出各種石頭給我們觀賞，我們確實看得目瞪口呆。這時的謝小姐，帶有一種臺灣很多小鎮，都有這種玩石頭，或鯉魚，或是玩壺泡茶，或是收集達摩雕像的生活藝術家氣質，他們其實學歷不高，眼界有限，但抓著他們玩出小規模的某個品項，說話便帶著些仙氣禪境。我看她桌腳有些大塊的或玫瑰石或黑曜石，那價格怎樣都非一般人能收，想是否她的某任男友是黑道老大，這是人家留下的。

後來我和女友結婚了，再一年我們就搬離陽明山，離開山之後，好像暫停的鐘面，指針開始移動，我們進入城市裡所有人一樣的嘩嘩快轉的時間：妻子懷孕、小孩出生、為生活奔波、被長輩叫出去喝酒、出書、座談、父親過世、小孩上小學……，離開陽明山的時間，十年，然後二十年了。那變成一個《去年在馬倫巴》一般，綠光盈滿的夢境。

有一次我和友人約，上陽明山，在公車總站旁的一家義大利風西餐廳談事，突然一個穿著女僕裝的服務生非常熱情地喊我，我幾乎過了十多秒，才認出她，是謝小姐。不可思議地她變成一個老婦了，當然我不讓她看出我內心的震撼，怎麼回事？山下的鐘和山上的鐘，不同轉速嗎？或是那時我們二十多歲，其實她已四十歲了？只是保養得宜又baby臉，當我們跨過三十，四十，她恰跨過那原本串好珠鍊，終於斷線散掉的年紀，直接成為和我印象中，那些房東太太一樣的，住在山裡面的老太太了？

這其實也不是我要說的，但我要說的是什麼呢？

我要講的是我哥的故事。

我哥是個流浪漢，他已經五十歲了，但似乎從他三十歲那年（或許大個一兩歲或小一兩歲）就停止了社會化的意義繁殖或根莖狀蔓長了：他至今獨身（我甚至懷疑他還是處男），在一家做德國濾水器貿易的私人公司待了兩年被裁員後，便沒再找過任何工作了。這二十年，有四年他睡在我那中風癱瘓的胖大父親病床旁的摺疊行軍躺椅，被不同醫院當流浪人球趕來趕去，深諳用健保卡和掛號小窗那醫療體系諸般表格、病床缺、勢利的老護士，或這些公立醫院樓層間似乎沒有名字，同一張謙卑笑臉的黯淡群落（那些印尼、越南看護、那些發著酸味的歐巴桑義工、那些掛著點滴和各種管線在輪床上被推來推去的彈塗魚老人、那些像蟑螂出沒在急診室機伶搶急救失敗的新鮮死人的殯葬業者），他和他們打交道，混成雜駁的一群。後來我父親過世，他又照顧我九十幾歲的外婆四、五年吧，直到她也嗝屁。

我對他的印象，這二十年來，他像一隻壁虎趴伏在我母親留給他的那幢山上的頹圮小屋裡，用最低能量活著。不給這個社會添麻煩，事實上也和這個可能每天眼花撩亂快速竄動的世界沒有任何互動（你光想想：這二十年死去的名人：黛安娜王妃、麥克．傑克遜、賈伯斯；或是發生過九一一世貿被客機恐怖攻擊爆炸案；伊拉克被美軍攻陷；南亞大海嘯；日本東北地震海嘯及核電廠爆裂；或你低頭用手機觸碰滑動可上網抓３Ｄ變形金剛電影的智慧手機……，就知道和這二十年的「世界」無關的人，多麼奇怪了。）那個山中小屋這麼多年我沒再進去過，可能已像拾荒老人的鐵皮貨櫃屋裡，堆滿塞爆他四處撿來的壞棄電視、斷腿桌椅、大保麗龍塊、上萬隻各式各樣日本卡通公仔（他是夾娃娃機高手：那也是「西門町無人機臺考古地層史」：灌籃高手、keroro軍曹、海賊王、暴力兔、哆啦A夢、火影忍者、Hello Kitty、美少女戰士、烏龍派出所，以及數量品類是以上總和再乘以十的神奇寶貝公仔或扭蛋球）、汽車電瓶、保險桿、奇怪的大型犬的完整頭骨、電力公司變電箱裡的機組和黏了不同顏色膠帶的粗電線；當然還有他從年輕時便收藏的各式幾可亂真的空氣長短槍（有二戰德軍的金屬彈匣衝鋒槍，有「大榔頭」左輪，梨花木長槍托的狙擊步槍）；以及各種日本太平洋海戰的航母、其他艦種模型、戰機模型、德軍各式坦克、部隊、火炮模型……

我年輕時曾以這樣形象的「我哥」，寫過一個短篇小說，並以之得了一個文學獎。

或譬如說，我現在仍然可以在和兒子們完全鬆懈的亂聊扯屁中，像從一片「垃圾海洋」隨興浮出一截沉船碎骸，一串被尼龍網縛在一起的籃球，或是一隻脹大發臭的鯨屍，那樣跟他們敘述伯父（我哥）的古怪事蹟：他小學時曾用一盒撿到的火柴，點燃校園死角一張壞棄的榻榻米，造成差點把一棟教室大樓整個燒掉的大火災。我記得那時那小小校園的操場上，停了四、五輛鋥亮紅漆，像古代有著棘刺盔甲之惡龍的消防車，還有一些穿著雨衣雨鞋戴防火盔的消防隊員。或是曾經在我們一起在家附近一幢斷垣碎瓦之廢墟，他因為和我爭執，舉著拳頭揍我的孤立畫面。或是他曾告訴我，他（變成那樣的宅男，乃至怪咖流浪漢之前的，混沌史前史），曾在大學時期，陪一個把他當「好朋友」的女孩，到中山北路小巷裡的診所，去做人工流產。當然那是和他的世界隔著一道高牆的某個不認識男人幹的好事……

所以，確實在「我」的內在宇宙，有這樣一個像線團般緊緻、立體、如壓花或油畫顏料層層疊加，所以只要任意垂下一根棉線就可撈出一冰糖般凹凸結晶的故事雛形（3D輸出列印？）……的「我哥」。那個「故事之海」，必然是一個活生生地經歷了五十年「人生」，懸浮了點點滴滴小貓般或爬蟲類般的孤獨、羞辱，閃焰般熄滅的感動、害怕，想要擁有什麼，在醫院、捷運、大街和那許多陌生人嘩嘩錯身，皮膚祕密泛起的輕微緊張之疙瘩，或是推著輪椅上我那像一具融化冷凍屍塊的我爸，對著醫院的冷酷護士說謊時，腦額葉快速換算該說些什麼，不會被發現是社會的邊緣人、零餘者……，那些樹葉在光影中翻動的「碎時光」的，這樣一個量子態的，不可能是我虛構、妄想症、人格解離症而像鬆塌煙團，或我用馬賽克小磁磚拼貼湊出的偽「我哥」。

好了，這就我想要說的，一間會吃東西的房間，一個美豔的酒店女郎在很短時間變成老婦，以及一個住在我裡面的我哥。你會說，這就是三段彼此無關的小故事啊，這就是尋常無奇的三個人生回憶片段啊，這關精神分裂什麼事？是啊，這正是我想要說的，我不理解他們為何把我判定是精神分裂症者？譬如說，有個人堅持說，他十八歲時，在森林裡遇見一隻女外星人，然後他就被這隻外星女給破處了，之後她還生了六十幾隻外星混血地球的寶寶！！！是不是？這種人才是神經病。而我，只是在那個候客室，跟一位老頭說像剛剛我跟你說的這類的故事，當然那次不曉得為何等那麼久，我就坐在那裡跟他說了一個又一個的故事，我不記得我說了幾個，後來他臉色大變，請我稍候，之後來了幾個穿黑西裝的傢伙，他們就把我請到這房間裡了，其實我就是這樣沒有什麼特別地說故事，你問我在這說了多久？應該五年了吧？我記得有個傢伙跟另個穿白大褂的傢伙附耳說，他們都是這樣以為他們在說悄悄話，其實我聽得無比清楚，他說，我已坐在這兒，說了一萬四千九百二十三個故事了。我不明白，這在以前，我這樣的人，不是應該被稱作「說故事的人」，或是「短篇小說家」，或是「專欄作家」？為何我就成了他們說的「精神分裂者」？請你幫我轉達一下，我嘴巴好瘦，而且這裡的茄子超噁，他們每一餐都一定給我茄子。屎屎大便都被監視器拍著。我還有多少故事可以說？我可以坐在這兒繼續說三萬六千個或更多這樣的小故事啊。但是我是嘴巴瘦啊，而且好無聊啊。你說等一下，這些把我關在這房間裡的那些穿白大褂的醫生、穿黑西裝的男人、那些「不正常人類研究中心」的地道或鎖上的實驗室小間，也是我掰出來的小故事中的一個？並沒有那些人和那些像電影裡演的空間？你說我無法把這些破碎的記憶段落，連結起來，就像一條沒有河流的無數波光和漣漪？也就是沒有可能有一個統合這些汨汨冒出的故事，或說「感覺」的小斷片，沒有這樣一個「我」存在？那我是誰？我們現在是在哪說這些話？你說我只是一臺電腦中的一組程式，在模擬人類說故事功能的假運算電流跑動？事實上也沒有茄子這種東西？那我的小孩呢？我的老婆呢？我不是一個小說家，在某個文學獎評審看那些繁複詭異，作者懷著熾烈渴盼幹掉其他作者，得到大獎揚名立萬，而我會在第二天的評審會議上，引導論述的方向、看不見地和某幾個評審結盟，然後策略性投票？那一篇篇的小說的內容，我都還記得啊，怎麼可能虛擬到這麼假掰的地步呢？你告訴我，這就是為何我的故事裡會出現「眼鏡在某段時間消失，後來又冒出來」；或是「那個謝小姐怎麼可能在幾年內從美豔女郎變成老太婆」；或「我不太確定我記得的我哥這個人」，以及我其他三萬六千個故事，都有各自的空缺、破綻、迷惑之處，它們好像成為這些故事迷人的「小說氣氛」，其實正是單元故事記憶檔處理上的必然死角，你說「就像柿子上一定有個蒂，一定會破壞那個圓球體的封閉性」。你們試圖以大量的串接故事集群的方式，讓人始終找不到那個柿子蒂，哦不，破綻？

謝謝你。那我沒話可說了。好的，晚安。謝謝你告訴我這些。受益良多。

離開的時候請記得關門，喔不，關機。

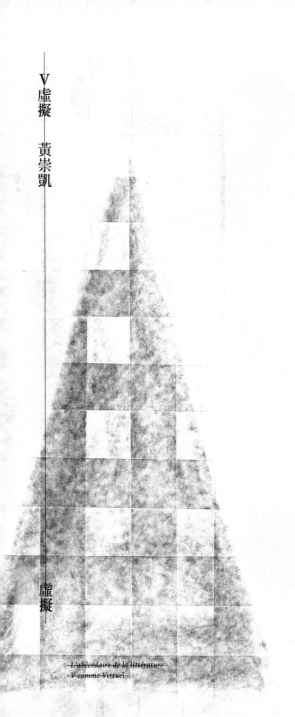

V 虛擬

黃崇凱

虛擬

~~*L'abécédaire de la littérature*~~
~~*V comme Virtuel*~~

太初有道，道與　神同在，道就是　神。這道太初與　神同在。萬物是藉著祂造的；凡被造的，沒有一樣不是藉著祂造的。約翰福音（1：1-3）。我有時想，這道跟老子說的「道可道，非常道」是不是一樣的道？學長跟我說，這基督的道當然跟老子的道不同，但又有點相似，非常微妙。他在說這些話的時候，我嘴裡包裹著他整條尿道，規律動著。學長繼續說，妳可以把道視為真理、宇宙運行的法則什麼的，都說得通，不過也有人說道就是語言。妳想，語言與神同在，神造萬物，神賦予人命名萬物。約翰福音不是又說「道成了肉身，住在我們中間，充充滿滿地有恩典有真理。」所以語言就在我們中間，語言充滿恩典和真理。學長說的我不大懂，但我可以感覺他的膨脹充滿口中，以及結束時的抽搐和黏稠。

學長說，奇怪，怎麼你們教徒的技術都這麼高超，團契的時候大家彼此會交流心得嗎。我知道他是開玩笑，也知道他以前當過教徒，還有個一起上教會的女友。後來上大學雜七雜八亂讀一通，對自己的信仰產生懷疑，開始從別的角度理解經文。跟他爭辯是沒有意義的，不如這樣就好。我說，我從小就喜歡兩個門徒在以馬忤斯的路上遇見復活的耶穌的故事。想像你的領袖被押走、用刑，最後處死在十字架上，好像世界的光都熄滅了，我們只有無用的悲憤，傳言耶穌復活了，卻不曉得那是怎麼回事。但復活的人就走到我們面前，解說聖經，把餅分給我們，一下子又消失了。剩下恍然大悟的我們。你不覺得很棒嗎？學長說，對，很棒，總要顯點神蹟才神嘛。他又說，是不是也有人告訴妳說，這四大福音書就像十字架一樣，照耀著耶穌基督？可是我跟妳說，關於耶穌降生的故事，馬太福音沒有牧羊人，路加福音沒有東方三博士，馬可福音則是什麼人都沒出現，約翰福音最玄，妳自己背誦一下開頭就瞭。我們過聖誕節就是過爽的啊，我以前讀的私立學校每年還有新生演耶穌誕生在馬廄的話劇哩。我知道啦，你們教徒一定會說讀聖經不能太拘泥字面意思，要想想背後隱含的意義。

跟他說話不痛快就是這樣，都給你講就好啦，都你最會想，你最聰明啦。

學長看我不說話，撐出個笑臉說，走，我請妳吃飯。說是這樣說，不過就是學校旁邊的麥當勞。學長下午有課先離開，我坐著看小說，一隻手拍上我左肩。是小芬姊。她剛跟附近的客戶談完，下午沒事，正想問我有沒空，就有這麼巧，心有靈犀啊。我問她業績，她問我成績，基本的近況交換，聊到同志婚姻。小芬姊點開手機的Line群組給我看，說是教會姊妹傳的，看了很氣啊，可是拿她們沒辦法，大家都想維持表面的和平。那些訊息不外乎「同志結婚，全民決定」，同婚一過就是每天換伴侶，多P，人獸交，戀童癖，多可怕多恐怖喔。大家要堅決保護家庭價值，一夫一妻，不讓小孩受到汙染，留給他們純潔、乾淨的成長環境。要打電話給自己選區的立委，表達嚴正抗議，拒絕修改民法972。最大最大的讓步就是不要讓同志霸權干擾我們正常人，給他們另一個專用法條，他們愛結婚就去結囉。我從眼花撩亂的訊息抬起頭來，小芬姊說，這些賤人，也不想想她們那些招式都誰教的，現在是怎樣。我伸手握握她的手，眼淚從她臉頰掉下來。小芬姊自從跟她的伴在一起後就很少上教會了，我們平時不過臉書上互相留言回話，偶爾通通訊息。雖然叫她姊，其實有著十來歲的差距。在我小學時，她是會來講聖經故事、帶我們唱聖歌演話劇的大姊姊，寒暑假會跟其他同齡的大哥大姊帶團出外露營，聖誕節互贈卡片祝福。小芬姊是我最喜歡的姊姊，開朗，自然，給人感覺很舒服。我記得她那時的男朋友是一起在教會長大的青梅竹馬，是個安靜、內向的哥哥。他們總是會找到一個角落小聲交談，連笑聲都壓抑著，卻讓我感覺好像他們之前就在一起很久了，似乎也會在一起一輩子。後來我讀高中時漸漸沒看到那哥哥，那陣子小芬姊看起來比較憔悴。有人說，小芬那阿志喔，出軌了可是自己主動告訴小芬，因為他受不了罪惡感的煎熬。也有人說那哥哥原來私底下是變態不太正常，別說小芬嚇到我們都好意外。這些閒話總是在做禮拜的之前之後隨著一個個小圈圈流散開來，說的人很瞭解他們的交往狀態似的，卻沒有人好好跟小芬姊聊。

我拿請教大學院校科系選擇當藉口，找小芬姊諮詢。她先從自己的大學生活談起，選哪些課程、參加什麼社團，大致給出輪廓。她說的跟我從其他親友那邊聽來的差不多，現在讀哪個科系不是重點，都說要選好學校，最好能上國立大學，英文要弄好等等。兜了一圈，我才敢開口問：「那感情的部分？」

小芬姊頓了一下，「响——妳真的長大了耶，還一直當妳小朋友。」

「如果不方便也沒關係。」

「沒，我只是想該怎麼跟妳說。」她攪拌桌上的飲料，卻沒端起來喝，「妳有沒有想過自己為什麼要上教會？為什麼信基督而不是跟大多數人一樣的民間信仰？妳不要覺得嚴肅，只要直覺的回答就好。用妳自己的話說。」

「嗯……就我爸媽的關係吧。他們要來，就帶我一起來。到教會有很多同年紀的小孩一起玩，還有像妳這樣的大姊姊陪我們。說真的，聖經上那些誰生了誰、誰殺了誰，我常常搞不清楚也記不住。你們講故事，我就聽，好像也沒仔細想過那些故事有沒有什麼含意。有時候聽牧師講道一樣只是聽，看著經文就只是看，過了就忘了。」

「沒想過不信教了或是換別的信仰？」

「我沒想那麼多。雖然有過一點懷疑，但實際上我不排斥上教會，也不討厭跟會裡的弟兄姊妹們來往。」

「妳看言情小說嗎？或是ＢＬ漫畫？」

「我自己是沒怎麼看，不過很多同學有在追。偶爾會跟她們借來看看。」

「不有趣？」

「就沒想要去看。」

「我這個年紀的女生，好多人的性啟蒙都是來自言小和漫畫。我家跟妳家一樣，都是爸爸媽媽上教會，我們小孩子就跟著上教會，要到比較大的時候才會有一點點懷疑跑出來。我上面有兩個哥哥，他們功課好，大學畢業出國讀書，就留在美國工作不回來了。我不知道他們在那邊是不是還上教會，可能會吧，畢竟教徒之間比較容易交朋友。家裡突然變空的那段時間，我在租書店借了一大堆言小和少女漫畫，夜以繼日地看，焚膏繼晷地讀，好像打開另一個世界。那陣子我每天至少看掉三本言小或十本漫畫。我要說的，哎呀我說的好亂，總之我要說的是，不管什麼宗教信仰，應該是要幫助妳瞭解自己，而不是束縛。」

「那妳跟志哥？」

「妳應該能體會，人在教會不是自己一個，而是代表一個家庭。在這裡有歸屬感很好，但沒有的話不要緊，去其他能給妳歸屬感的地方就好。我有時會覺得煩啊，怎麼好像我跟阿志不只是我們兩個人的事，有時是兩個家庭的事，還有時變成教會的事。但我們真的沒什麼，我們一起在教會長大的，就跟其他弟兄姊妹一樣，只是比較親近，聊得來，平時除了在教會，也會自己約碰面。」

「好久沒看到他了。」

「只能說，人長大了真的有好多事情要煩惱。不來教會還好，他從小到大這麼常來了，一段時間不來不會怎樣的。要是這麼嚴格，那我們現在都不能穿混兩種材質的衣服啦。不用擔心他。」

「那妳呢？」我脫口說出這句就後悔了。小芬姊又攪拌起桌上的飲料，仍然沒喝。我耳中充滿湯匙碰撞瓷杯的聲音。然後她拍拍我的頭，咧開嘴笑：「當然沒事。」雖然她喃喃說著讓高中女生擔心好丟臉，但我覺得她明明就有事。

高三那年為了準備學測、指考，幾乎不跟爸媽一起上教會，也就難得見到小芬姊。唯一一次大概是聖誕節前，我有天實在不想去補習，總覺得愈靠近這種日子愈得接觸一點莊嚴的氣氛才對。小芬姊看起來氣色不錯，跟以前一樣帶小朋友排演耶穌誕生的話劇。她蹲著跟個男孩說話，其他小朋友各自在排練表演臺詞，小芬姊招我過去，對著小男孩說：「不然你問問這個姊姊，牧羊人是不是好角色。」我點點頭說：「你演牧羊人超棒的，我好羡慕，哪像我以前只能演牧羊人的羊，不然就是馬廄裡的馬，連一句真正的臺詞都沒有。牧羊人還有聽見天使說話，跟約瑟說話，就跟東方三博士一樣重要。」

他們重新排演後，小芬姊說謝謝啦快被這些小鬼煩死了以前大家演什麼都不會有意見，現在不只他們自己有意見，有時連爸媽都有意見。之後我們離開教會，她陪我等公車，大概這種溼冷的天氣逼人想到哪裡找溫暖。我搓著手，小芬姊遞來一袋暖暖包，問我聖誕節會不會收到告白巧克力。我說不會吧，都快大考了誰有心情。她說，真奇怪，明明是耶穌生日，可是大家都要在這兩天告白。聖誕夜明明就跟除夕一樣要和家人團聚，可是大家只想跟男朋友女朋友去吃大餐。讓我這種單身基督徒看得心癢癢的。我偶爾會想，如果不信基督的話，看到的世界是不是就會很不同？我跟大家一起快快樂樂消費聖誕節也不會有任何罪惡感吧。我問她志哥近況，她說應該不錯吧感覺上他自在多了，也重新上教會，不過不是我們原本這個，他改去另一個。公車來了，我上車，跟她揮手再見，才想到書包裡寫好的卡片忘了給她。

輾轉聽說小芬姊到澳洲打工度假，再見到她，我已經大二了。她曬黑不少，說是整天摘奇異果、混農場的關係。她問我大學生活，我在說選了哪些課（沒想到妳讀經濟系我一想到數學就頭痛）、參加什麼社團活動（大新社是幹麼的？喔是大學新聞社的簡稱），想起當初找她諮詢的事，彷彿是好久好久以前了。現在我覺得自己只跟她相差幾歲，可以說上許多以前不好意思說的話。就這樣聊到了彼此的感情狀態。我說現在有個談得來的男友，算是交往中吧。可是妳知道我們基督徒比較麻煩，對方不是教徒很難理解我們的堅持。妳以前是怎麼應付的？小芬姊笑咪咪說，妳真是長大了耶。她似乎考慮了一下才決定開口。我接下來要說的，可能有點直接，妳聽聽當參考就好。對於大學時代的男女朋友，這真是關卡，有些人信仰或意志不堅，人家要就給了，其實沒有對錯，這是人性嘛。有些人是有範圍的堅定，例如堅守本壘，其他都可以，勉強算是兩全其美的辦法。我呢，是第二種，所以除了那裡，其他我都會盡量滿足對方。其他是什麼呢，就是妳想得到的都有。對，口交是基本，口爆是很常，當然試過肛交。感覺嘛不能說享受，因為真的很麻煩，我得用水沖很久，一定要塗潤滑劑不然痛死。妳可以測試對方的忍耐度和底線，往往滿準的。那種一直開口要的，表示他不會體諒妳。認真說起來，教徒比一般人辛苦啊，我有信仰、有規矩要守，我還得對付自己的情慾啊，你只要爽就好這怎麼可以是吧。妳說我這些技巧和知識哪裡來，網路上多得是，但身邊有朋友教還是比較安心。我插話問：「是不是志哥？」小芬姊眼睛點燈似的亮起來，大笑：「才不是咧！他還要我教好不好！」她說，總之是教會一部分的姊妹傳承，大概是需求催出了應變方法，其實私底下為了守著最後防線，一代一代都在努力。這些不能公開，就是剛好有遇到就傳承，沒遇到就自己想辦法。只能說，誠實面對自己，盡量不要虛假就好。我們聊了一會志哥，最後她說，不管怎樣，他現在依然保持虔誠信仰，同時不為性向所苦，他在我們教會那些年太辛苦了。

小芬姊說沒有嚇到妳吧，乾笑了兩聲。聽她說完，我反而安心了。我覺得自己滿幸福的，生在普通的家庭，跟普通人一樣升學，只是湊巧我們家信耶穌，我就跟接受我的家庭一樣不加思索接受了這個信仰。平常沒什麼差別，就跟我其他同學一樣，我從來不會主動提起自己的信仰。上教會、讀聖經就是家庭活動，反正沒人會考我聖經哪段背不出來、哪句理解不清。朋友裡沒有誰像個風塵僕僕的傳教士會在耳邊嘮叨，或者故意來抬槓的。我的信仰保存在一個特定空間，那裡有其他人一起高聲歌唱讚美，各種年紀的人反覆讀著聽著經文內容，這裡頭的莊嚴讓我可以暫時沉澱下來，等待世俗的泡泡慢慢消散。然後我懷著信仰，到外面去接受試煉。

試煉是，在我其他技巧尚未成熟前，那個堅持要衝本壘的傢伙被我制止了。就這樣窩囊地分手了。別人問我分手的理由是什麼，我實在不想說因為我不給。太可笑了嘛。雖然氣忿，還是會難過，畢竟是從兩個人變成一個人。失戀那陣子，泡在社辦的時間變多，常幫忙採訪、整理錄音逐字稿，就跟學長熟起來。他一知道我是基督徒，馬上不懷好意說，過兩天拿兩本書給你看看。

還書給他那晚，學長簡直講道的牧師，要以一堆學說研究牧養我這個無知的愚民悔改。他從「宗教是人民的精神鴉片」說起，扯什麼「一個幻覺的未來」，談到人類所創造的文明如何反過來造成許多匱乏。他說，妳想像遠古人類隨著時間推移，漸漸認識自然現象的規律，可是人仍然無法對抗自然，總是處在被宰制的狀態下，人類想像出諸神，好，我知道以妳的信仰就是一神，姑且先以一般狀況來說，那麼這些神有三種使命。第一，祂們必須消除自然的恐怖；第二，必須調和人與命運的殘酷，尤其是死亡；第三，必須補償人在共同的文明生活中遭受的苦惱和匱乏狀態。學長念經似的，嘩啦嘩啦吐出長篇大論，我聽到這邊已經放空了。社辦四下無人，我突然伸手往他下面摸去，他觸電般往後彈，我繼續逼近，解開他的褲襠，拉下拉鍊，掏出傢伙來，張嘴就含。整個過程相當順利，好像我已經做了一輩子。在你無神的世界，我就是神。信仰有什麼用，不信仰有什麼用，那些複雜的道理留在他腦子就好，別來煩我。

小芬姊把我喚回此時此刻。她說現在被那些恐同的基督徒弄得好煩，為什麼他們總是在曲解教義，為什麼他們不是站在弱勢的一邊，別人結不結婚關他們什麼事。我聽著，什麼都說不出來，只能上前抱抱她。我安慰她神愛世人。我但願神真的愛世人。我太弱小、太自私，得有一個神能愛那些不義、汙穢的人。

V 虛擬

胡淑雯

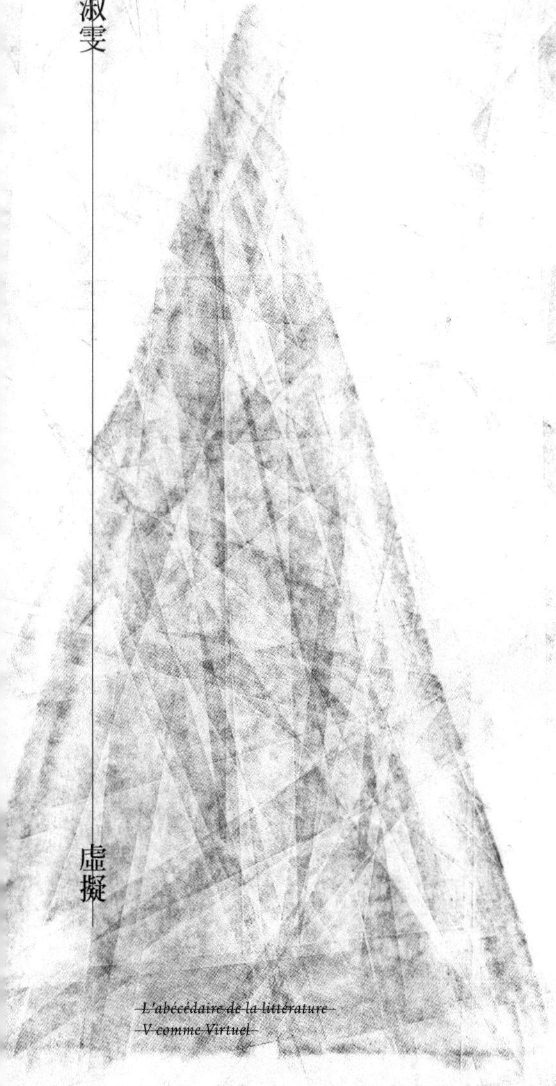

虛擬

~~*L'abécédaire de la littérature*~~
~~*V comme Virtuel*~~

小炎再出現的時候，已經變了一個人。堂皇，世故，應有盡有，別人有不起要不到的那些，他腴美鮮華各有兩份。三十歲出頭就開雙B，兩種B各有一輛。在信義區的新大樓裡開了兩戶，沒人參加過他的婚禮，只知道他有一個「老婆」跟一個小孩，另有一個女朋友，據說也懷孕了。這些，都是老同學蘇梅跟小香講的。大家只見過住在松仁路的那個女朋友，沒見過老婆，「說是女朋友，喊的也是老婆，素面見人看起來清純得很……」蘇梅說。小炎到底結婚了沒？「藏起來的那個」跟「帶出門的這個」彼此是否知情，小炎不說，就沒人好意思問，老同學久別重逢，總要從陌生人開始做起。

小炎念舊，把畢業紀念冊找出來，一個一個打電話，傳訊息，將他特別想念的那幾個國中同學約出來，飲酒吃飯全數由他埋單。他看起來實在太風光了，那付錢的氣勢擺明了：地方是我挑的，這價格恐怕也只有我付得起，你們別鬧別逞強，說什麼拆帳各付各的，老朋友貴在真誠，不講利害關係，置身名利場頂端是很疲憊孤寒的，最大的快樂就是單純，就是見到老同學，拜託，帳單歸我，否則我哪敢再勞動你們陪我吃飯？小炎花錢的姿態，自皮夾抽取小費的唰唰聲，千元新鈔如駿馬甩尾，如皮鞭抽打的力量，簡直要讓同學們錯以為，那些光滑的鈔票也會順勢落到自己手中。恍惚間有那麼一兩次，小香感覺自己是來陪酒的，而那些小費，是小炎揮霍給她看的。當小香意識到自己心裡想的這些，就益發體會到金錢的魅力，與自己的動搖。參加這些宴席不知圖的是什麼，小香偶爾出席，再怎麼感到格格不入，略過一兩次邀請，事後卻總會再出現一次兩次。她跟小炎是不可能的，也不喜歡同學們聊的話題，她知道自己跟不上，跟不上那些投資那些指數，那些數據與數字，也不可能在一次次的宴飲後攀著話題累積的線索，重新配置自己的資產。每個月的薪水付掉房租，就沒剩多少了。兩週一次的同學會，就她一人是搭捷運公車去的，被問起都不好意思，吃飯的時候，也不像其他人那樣，一邊滑著手機，一邊將下次的聚會輸入行事曆。她的手機是二手的，面板裂了縫，而且不是iphone，然而，當她說，「我沒有用手機的習慣，」同學們竟然都相信了，直說，妳向來就是這麼酷。

小炎之所以格外著迷於「同學會」這種東西，是因為，他一直是個很糟的人，好不容易脫胎換骨，總要讓人看一看的，尤其要讓過去的「故人」對他刮目相看。國中時期，小炎是個近似小流氓的問題學生，曾經在校門口被人亮過刀子，堵路討債，卻因為是名流之後，連黑道與教官也要讓他三分，闖了幾次禍，依舊高枕無憂混上去。校園裡傳說，他欠的除了賭債，還有酒店的小姐錢，這讓他的劣跡染上了成熟的神祕感。高中落榜，沒關係，去讀私立高中，反正「富爸爸聯盟」早已在系統內建制了各種各樣的中繼站。一般落榜生的中繼站是補習班與職業技術學校，這些地方的下一站，好的是連鎖餐廳，飯店，美容院或理髮廳，壞了就去中途之家或八大行業。而小炎這種富家子，私立高中的下一站就是美國。老爸捐個演講廳，贊助幾個學術講座，讓小炎留學紐約進了大學，幾年後華麗轉身，以全新的富商之姿重出江湖，嘴裡含著深不可測的祕辛，祕辛裡含著深不可測的交易。但小炎討喜的地方在於，他就是有辦法端出一種磊落大方的氣態，對餐廳侍者與泊車小弟彬彬有禮，出手特別大方，彷彿於心有愧，又像慈悲為懷，讓人無從分辨這是出於深刻的自省，還是虛情假意。就算小炎的舉止帶有演戲的意味，虧他至少還挑了這種劇本，品味不算太壞，看在小香眼裡，倒覺得這人還算可愛，也就不計較他名貴的出身了。

小香心裡知道，小炎是很在意自己的。小炎成功後如此積極把同學們收攏成一個社交圈，顯然帶有雪恥榮歸的意味，而他心裡最重要的觀眾，大概就是小香。小炎帶著老同學出入會員制的俱樂部，喝一杯八百塊的調酒，開一瓶動輒上萬的威士忌，分送古巴雪茄，轉述權勢與金錢的祕辛，總還不忘自我調侃，說，這一切沒什麼訣竅，無非人脈，關係，與獨家消息。這話也是對小香說的吧，他從小就喜歡向她輸誠。小香一邊抱著「他始終很在意我」的自信，一邊也禁不住懷疑，自己會不會太自戀也太自以為是了。那個七月早就結束了，該離開的人都走了，再回頭已是不同的人。說不定小炎早就忘了，就她一人還記得。那純真年代兩小無猜的羅曼史，當做回憶裡的笑料還算可愛，倘若還把自己視為女主角，以為小炎的言行全是向著自己展演，那就太三八了。三八會替女人帶來難堪的厄運，就算長得再美心地再好都無從倖免。而三八的反面是清醒，女人遇到危險的男人，最怕的就是糊塗。

付錢的最大，同學們白吃白喝慣了，小炎理所當然成了大哥，為了不讓同學答謝不止，竟還大方揭了自己的底，直說這些帳都是開了統編的，公司的特支費多到用不完，「沒用就得上繳，不花白不花，大家不要謝我。」而這樣的自謙自抑，反而抬高了眾人對他的想像。原來「優勢」是這樣的東西啊，愈是自貶，愈是構成誘惑。女同學一個個妖嬈起來，也壞了起來，玩起來不欠不還，就沒有負擔。男同學也都嫵媚得很，一個表現得比另一個更善於傾聽。小炎賺的是容易錢，花起來不需要節制，久了，竟有人開始大膽點菜，選最好的餐廳，最新派絢麗的吃法，開上好的香檳，沒有罪惡感，也不需要羞恥心。世襲的財富，人脈接起來的特權與關係，是無窮無盡的金脈。只有這種錢，才叫做真正的錢。只有這種錢才能這樣花，不把錢當錢的花。

但凡錢滾錢的遊戲，都是風流的機會主義。小炎的生意做得很廣，同學們聽得眼冒金星，只知道跟著他的消息去買準沒錯，幾個月下來都賺了不少，偶爾也換人做東。唯有小香文風不動。不是因為她抵得住誘惑，而是因為她沒有餘錢，然而幾次旁聽倒也聽出端倪：小炎做的主要是軍火，次要是期貨與創投。小炎家裡是老國民黨，一九四五年底接收的時候就來了，祖父據說是青幫的，在小蔣身邊待過，海軍高階將領退役，無論政黨怎麼輪替，軍情與生意，尤其那些海外的軍購，依舊握在同一群人手裡。光是一艘軍艦的一組潛望鏡，從採購前的佣金到其後的定期維修，就能流出好幾年的油水。那數字穿過小香的耳朵，簡直要把頭顱擠爆。小香聽了感到不可置信，卻也不敢隨便向人轉述，深怕自己記錯了。就是這種怕，讓小香感覺自己彷彿在替對方守密似的，成了共犯。而小炎分送給同學們的那些雪茄與紅酒，據小炎自己說，全都來自他人的餽贈，餽贈者個個有名有姓，聽在小香耳裡，只覺得黑幕重重，但同學們好像都不以為意，看到的盡是未來，盡是機會。在幾次酒酣耳熱無意間滑脫又收回，曖昧不全的話頭與話尾間，小香捕捉到一種微妙的默契，同時感覺到，自己被排除在那種默契之外：似乎有不少同學已然悄悄加入了小炎的事業，從「跟著買」進化到，直接把錢交給小炎操作，這些人包括：在外商銀行當經理的小伍，在竹科做物流的小簫，在廣告業當數位行銷總監的小謝，剛從廣州抽腿的臺商小魏。

言談間，不時提到所謂背後高人，那些鎖在雲裡霧裡的獨家消息，小炎往往欲言又止，只說是朋友，是江湖，是江湖朋友提供的線索與判斷。小炎從不指名道姓，因為，「保護朋友是我的責任。」這種話，由小炎這種人說起來特別可信。朋友是一個意義不明的字眼，但老同學都不想當同學了，他們更想撥開雲霧，踏進江湖，當小炎的朋友。最好能盼到雲破日出的一天，結識那些神祕的江湖中人，跟他們一起做愛心，做公益，搞個慈善基金會，把錢搬過來搬過去。小香學他們點燃雪茄，半吸半吐著濃純的古巴廢氣，笑不由衷。那種關門放肆的氣氛，感覺很不真實，跟酒單上的定價與不斷翻新的調酒配方一樣，虛張聲勢，又好像若有所本，要學會至少表面上的漠然，不驚不怪不被震懾過去，才能嘗到一點點箇中滋味。

一次，在俱樂部的包廂內，眾人竟還熱烈討論著，要怎樣在「不雇用殘障者」的情況下，賺取政府發放的殘障者雇用獎金。這時，小香已經喝了兩杯半的調酒，搖搖醉醉出了包廂，穿過鋪上寶藍色地毯的走廊，去女廁補妝。他們好敢啊，小香心想，連這麼小、這麼不應該的錢都敢拿。是不是只有這樣，才能在凶猛的大潮沖激而至的時刻，向前迎上去，而不被嚇得雙腿發軟？小香對著鏡子撲粉、補口紅，整理潰散的妝容，就算不怎麼喜歡他們，也要漂漂亮亮地讓他們喜歡自己，看重自己。那些酒真是好喝，而自己真是饞啊。

一晚，小炎送小香回家，下車前，小香忍不住了，開口問他：

「你到底知不知道我在做什麼？」

知道啊，小炎說，妳在當記者啊。

「既然知道，你還在我面前講這些，不怕我把它寫出來嗎？」

不怕。小炎說。

「為什麼？」

不知道，小炎點起一根菸，說，我就是不怕，我信任老同學。

兩個人在車裡沉默地對峙著，似乎不急著結束。小炎抽完一支菸，又繼續點了一支，緩緩說起，「妳不是說，有一個很明智的長輩曾經告訴過妳，在批評別人之前，不要忘記自己站在什麼位置……」

「那不是什麼長輩講的話，是小說裡寫的話，」小香回他，「那句話是：當你想要批評別人的時候，不要忘記自己擁有的優勢。」

「就是嘛，」小炎說，「不要忘記自己的優勢……」

「我有什麼優勢？」小香接著問，「跟你比起來，我有什麼優勢？」

「妳這個人最大的問題，就是緊緊守住自己的劣勢，從不承認自己的優勢。」小炎這麼說。

那之後，小香疏遠了那群人，不再參加同學會了。留下，或者離開，有些事情並不存在所謂的中間地帶。那個熱心的女同學蘇梅，依舊不時傳來訊息，邀請小香參加聚會，並且轉述同學們的近況。小炎的電話她偶爾接，總是在他興高采烈趕赴同學會的中途，問她有沒有空出來。小香只推說工作太忙，簡單交換近況，話題就無以為繼了，像失水的河道，乾枯於欲言又止的躊躇之間。

十二月底，小香收到一個包裹，是小炎送給她的新年禮物，一瓶香水，三宅一生。她打開聞了聞，不是她喜歡的氣味，擱在衣櫃裡，不打算退還，也不打算回禮。她知道，繼續這樣跟他一來一往的，就會變成調情了。他的女人夠多了。而她對他的興趣，是一種不乾不淨的興趣，她不想利用他，也不想成為他情史的篇章。

國中畢業那個七月，她跟小炎曾經約會過一陣。他長得黝黑，高大，炯炯的眼神，老愛惡作劇，頑劣得令眾人退避，卻總是待她以禮，也許亂開玩笑，卻不會過分。他們倆出去玩過幾次，看電影，打撞球，在西門町混掉一整個下午，就算在MTV裡看電影，他也不會把手亂伸過來。因為這樣的緣故，她反而敢於親吻他的臉頰。一次，她在萬年大樓的公廁裡小解過後，推開門，竟見到他站在女廁裡的洗手臺邊，眨著雙眼神祕地說，原來妳尿尿這麼大聲啊。這麼多年過去了，她最記得他的，就是這一件事。覺得這人真怪，好像應該怕他，卻不會感到害怕。

再一次，是最近，她熬夜到清晨，五點半下樓出門去買報紙，掛心著一條自己可能寫錯的獨家消息，趕著核對其它報紙的反應，在便利商店的櫃臺結帳以後，赫然有個聲音自身後冒出，對她說早安。是小炎。她嚇壞了，掩著自己狼狽的臉，脫口而出的只有十足孩子氣的一句，討厭啦。她穿著睡袍出門，亂髮如泥，沒洗臉也沒刷牙，把日子過得腐爛極了，這醜樣子竟被小炎撞見了。為了掩飾自慚形穢的倉皇，她負氣將小炎甩在身後，一言不發，快步出了店門，奔進巷子回到公寓，驚魂甫定，喝了一杯水，讀了半頁報紙，才回神去想為什麼：為什麼小炎會在清晨五六點，出現在自己的住處？這麼多年過去了，他還沒改掉少年時跟蹤的壞習慣？

再次聽到小炎的消息，已經是兩年後了。蘇梅打電話來，問小香最近是否曾遇見過他。同學們把錢交給他投資，錢沒了，他人也不見了。同學會頓時成為投資受害者互助會。依照他們調查的結果，小炎名片上的公司是個空殼子，仁愛路上的辦公室已經退租，松仁路那棟房子也不是他的，早已人去樓空，沒人見過他老婆，也不知另一個小老婆名叫什麼。追查他的車號，發現他的雙B一輛已經賣掉了，另一輛則是租的，已經解約。他們追到小炎的父親那裡，父親不認帳，只說個人造孽個人扛。找到他妹妹那裡，說很久不見了，沒有他的下落。名片上的紐約分公司並不存在，那個地址上，坐落著一間伊朗人開的小吃店，但他在紐約大學的學歷倒是真的。以色列的分公司也不存在，那地址住著一個陌生的老太太。至於巴黎分公司，則是聖母院附近一塊待建的草坪。小香心想，哇，這些老同學真不是蓋的，他們當真請了律師與偵探，進行了大規模的跨國調查。——小香這才想起兩年多以前，她即將疏遠同學會的某一天，小炎丟了一支不知是股票還期貨的名字與編號，叫她下禮拜去買，漲到幾塊之後馬上賣掉。小香問他，「你不是在替同學們操作嗎？為什麼不乾脆叫我把錢交給你，由你幫我買？」小炎說，「他們的錢我處理，妳的錢我不處理。」小香問為什麼，他說不為什麼，「我就是不想跟妳產生金錢關係。」

當場，小香覺得很不服氣。你是嫌我的錢太少嗎？但是她沒有開口這麼說。一種隱隱受辱的，曖昧的貪婪，與被拒絕的羞愧感，讓她停止了話題。於今想來，小炎騙光了每一個人，獨獨放過了自己。那晚睡前，她打開衣櫃，拿出那瓶三宅一生，觀察透明的三角錐瓶裡，金黃的水色。她打開彈珠般透明的球形瓶蓋，晃動那金色的水，再次聞嗅那氣味。其實那味道滿美的，只是，她沒有搽香水的習慣。

V虛擬

陳雪

虛擬

L'abécédaire de la littérature
V comme Virtuel

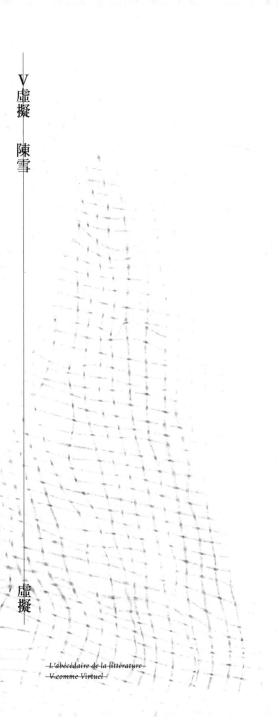

非如此不可。

玫瑰想著，走進Blue Bay之前，她的絲襪被鉤破了一角，但天色昏暗，酒吧裡想必燈光也是黯淡的，旁人看不見這個破洞正如她內心的荒敗，她會知道這家位於飯店地下室的酒吧，是因為上班時每天都會騎摩托車經過，白底藍字手寫的招牌，入口處刻意營造的地中海風格，相當顯眼。對於大學剛畢業、生長在九〇年代的臺中市的年輕女子李玫瑰而言，酒吧到底是什麼呢？她在大學時代跟著幾個朋友去過幾回，在不同城市、不同氣氛的酒吧，有只播放爵士樂、陰暗、整個屋子裡都是黑膠與CD的小酒吧，朋友故意耍酷地說：「來杯血腥瑪麗。」中年老闆一臉不高興地回答：「沒賣那種東西。」他們只好點了龍舌蘭，辣得要命的烈酒，那天是耶誕節啊，整個氣氛都被破壞了。另一次是被社團的學長帶去叫作監獄的酒吧，第一次喝了名為可樂娜的啤酒，看大家都把塞在瓶口的黃檸檬角很帥地擠進瓶子裡，她也跟著這麼做，很淡的啤酒，她喝一次就喜歡上了，酒吧裡不能跳舞，音樂卻吵得要命。

Blue Bay不是那一種店，她聽同事小美提起過，小美是穿著打扮看起來就很ＯＬ的女孩，在她們這個四人小公司擔任公關，時常跟著老闆到處開會，午餐時間會帶她去某某小店吃商業午餐，領薪水的日子，也曾帶她到附近的法國餐廳吃過法國菜（花去她心疼死了的三千元），Blue Bay位於商業旅館地下樓，方便客人下去喝一杯，半夜十二點後開放跳舞，小美說每次去那兒，都有人來搭訕。

玫瑰一定是衝著最後那一句話而來。被搭訕，是她目前想要的事物。

她換上衣櫥裡最性感的衣著，黑色細肩帶背心洋裝、窄身小外套、絲襪、高筒靴，把一頭及腰長髮梳了又梳，多年後她若回想起這個畫面會嘲笑自己根本還不知道「打扮」的意思，她那張原本就不特別出色的臉蛋若加上細膩的妝容、粉底、腮紅，眼影、眼線、睫毛膏、層層加工，也可以化腐朽為神奇，然而回到當時，二十五歲的她，青春的肉體就是一切，也是她僅有的武器，她戴上安全帽（當時為何沒想到可以搭計程車呢？太窮了吧，她到哪都騎車，即使在黑夜的街頭，有了這臺摩托車就感到安全，她絲毫沒想過如果尋求的是一夜浪漫，那麼被搭訕之後摩托車該怎麼辦？）跨上機車發動引擎就駛入黑夜大街。

好不容易才熬到十點半買票入場，週末夜晚，早早就有排隊人潮，她環顧四周，大多三兩成群，男女皆有。

迪斯可熱舞時間，在四周都是鏡子的狹窄舞池裡，她縱情扭動身體，是酒精作用嗎？或是她渴望追求一點放縱，都是求偶吧，舞池裡男男女女，誰像她這般孤寂？

那兩個男人一高一矮，高的壯碩，矮個那位國中生似的沒發育的瘦小身材，「小姐妳好，」高個對她說，「一個人來啊？」她用力點點頭。

這是搭訕她知道，電影都這麼演，再過兩首歌熱舞時間結束，他們就會邀她回座位聊天，然後問她要不要去吃宵夜？或者換個安靜的地方聊聊天？沒有太多意外的劇情，舞池好暗，她看不清男子長相，這種兩人一組的搭檔到底是怎麼回事？會讓女方比較有安全感嗎？

後來他們去了玫瑰家樓下的酒吧（玫瑰當然沒說酒吧在自己家樓下，而是說，那家我常去的店，雖然她一次也沒進去過，但她每天經過，有安全感），不知為何他們沒搭計程車，高個男子騎玫瑰的摩托車，小個子也騎車跟在後頭，一群年輕沒有情慾資本的窮鬼。

那個夜晚非常漫長，舞池搭訕、酒吧座位區散漫地聊天，高個男子自稱麥可，矮個是小五（一二三四五的五，他說），玫瑰謊稱自己叫茉莉，說起來毫不彆扭，心中甚至暗暗想著，以後到夜店來就叫這個名字。三個人彼此間到底可以聊些什麼？玫瑰心中納悶，倘若這些話語的目的是為了讓彼此有機會打開情慾的門，那麼到底是什麼樣的話語才可以搭建起橋梁，讓對方知道默契已達，可以更進一步？她知道最後小五會找個藉口離開，她像觀看別人的故事那樣觀察著一切進展。凌晨三點。這間酒館主要賣燒烤，兩個月前開張。玫瑰住在一棟老舊的大樓，巷弄裡有各色商店，都是破破舊舊的，她在市中心一家藝品店工作，月薪兩萬五，她在這棟老舊大樓三樓租下一間狹窄套房，唯一的對外窗面向天井，即使白天也是陰暗的，她有一個情人，但對方已有家室，在那個還沒有手機、網路、臉書、Line的時代，就只能等。

但一切都沒關係，她有她自己的計畫，盡可能打工賺錢，積攢存款，等存款到達三十萬，她就要辭去工作找一個地方安靜地寫小說。

可是寂寞啊，好孤寂，所有一切與世界背反的人事物，承受起來竟有那麼困難。

這些當然她都沒有對他們說。她已從年長已婚的情人身上懂得了男歡女愛，她自認要比眼前這個看來自信的高個子男生懂得情慾的曖昧、勾引的藝術，但她想看看別人都是怎麼做的，一般男女，是如何相互吸引、挑選、勾引、表白，那些較為平凡、正常的性愛是如何開始。雖說，在酒吧裡釣人發生一夜情，也稱不上多麼平凡正常，然而她這兩年的經歷告訴她，只要對方不是有老婆的人，就都無罪。

他們在酒吧裡點了燒烤、啤酒、無意間小五就不見了，等玫瑰意識到時，就只剩下她與麥可在喝酒，「等會要不要去兜風？」麥可說，「還是去外面逛逛？」小五離開後，他們之間似乎就少了可以將話題聯繫起來的紐帶，玫瑰有點疲倦地想著，為什麼不直接說要上床？這樣拖拖拉拉要到什麼時候？「我就住在附近。」她說。這樣表達太大膽了嗎？這個男人是吸引她的嗎？兩人已經發展到可以一夜風流，毫無傷害嗎？不知道，玫瑰心中只有未被填滿的好奇與一種無可奈何的慾望，這一個夜晚希望可以更好地收場。

麥可去便利商店買了便宜紅酒、點心和一捲優客李林的卡帶，他們推門走進玫瑰狹窄的套房內，席地而坐，簡陋的屋裡，有設備齊全的電視、錄放影機、CD與錄音帶兩用的播放器、擴大機與揚聲器一應俱全，還有上千本的書，她不知道這樣的屋裡看來是什麼樣，但麥可似乎很滿意這間沒有太多女孩氣息的套房，他安適地將紅酒倒入馬克杯中，把卡帶包裝拆掉，細心地放入音響的卡夾裡，I don't believe，是我放棄了你……清亮的男高音響起，是當時最紅的流行歌曲。

後來他們是在這張專輯的不知第幾首歌聲中躺上了那張彈簧有點損壞，時常會發出怪聲的大床裡，開始了所謂的一夜情。

那夜之後，玫瑰繼續著她孤寂、漫長的等待，等候下班，等候清仁有時偷空打來的電話，以及必須要找朋友幫忙撒謊才能得到的見面時間，那是他們最艱難的一段時光，三個月前被發現戀情後，清仁的妻子威脅要控告玫瑰，清仁寫下悔過書請求撤告，此後，清仁的行蹤二十四小時被掌控，在家時妻子幾乎寸步不離，上班日她就帶著便當在公司外頭等，從出門到進門緊密監視，近來唯一一次見面，是公司裡的老友幫著撒謊才成功，兩人宣稱要外出開會，老友說：「嫂子妳在公司休息，我們等會就回來。」友人開車帶清仁到了玫瑰住處，「兩小時後我來接你。」

許久不見的清仁顯得消瘦，千言萬語來不及說，清仁只說：「很想妳，但是沒辦法單獨出門。請忍耐一下，這段時間真的很困難，別把她逼上絕路，我們再想想辦法。」清仁以無比的激情與她做愛，但玫瑰腦子空空的，「不要再來找我了，」她說，「我不想傷害任何人。」「不要這樣，給我時間處理。」清仁哀求。她很想跟清仁說，自己還有一個身分叫作茉莉，她想全盤說出那一晚她是如何去酒吧釣人，想說出麥可與清仁的所有相似與相異，她要說自己心裡沒有不忠的感覺，她覺得這才是解脫，但終究她什麼也沒說出來，深沉的悲傷與逐漸麻木的感覺將她包圍，像果仁長出了果殼，封住了她的嘴。

某天夜裡，電話響起，傳來低沉的男子嗓音：「妳想我嗎？」

是麥可。

但又好像不是他。

不同於那夜酒吧邂逅時的他，電話裡的麥可擅長撩撥，幾乎能在幾句話裡就快速撩動她的慾望，低低的聲音問她穿著什麼睡衣，要她如何撫摸自己，告訴她她有多美多性感，「跟我說妳想要。」

許多回想起來仍會臉紅心跳的淫穢詞語，許多唯有夜深人靜才爬出地底浮上心頭的幽微暗影，他都輕鬆掌握，她在不到三十分鐘的談話裡，意亂情迷，幾至癲狂。

此後，每個夜裡她等待著他準時打來的色情電話，讓他將她撩撥至高燒，只得自己把自己撫弄得精疲力盡，才能安然入睡。

夜夜如此。玫瑰的生活彷彿變成了等待那深夜一通色情電話而來，白日裡所有的痛苦都有了報償。清仁變得極其遙遠，思念與無力感不再那麼令人痛苦。

一個月過去了吧，玫瑰一直說要跟麥可見面，她幾乎以為自己在戀愛，憑藉著僅有一面之緣的印象，他長得不差，雖說那次性愛裡絲毫沒有電話中那些色情、淫亂、只有想像才得以創造出的奇異幻景，但兩者結合起來，麥可將變成一個完美的情人，總在她需要時出現，而且願意陪她講話到天亮。

那夜電鈴響起時，玫瑰先是想到清仁，但很快想到應該是麥可，因為他曾允諾她很快就來見她，門外站著的人比記憶裡更高大，她柔聲說：「怎麼沒先告訴我你要來。」麥可說：「好不容易才有假。」他頂著一頭短短的頭髮，一副阿兵哥的樣子。

所有事物都不對勁，他神色裡一點也沒有他們深夜對話裡那種溫柔。「而且我又沒有妳的電話。」

麥可說。

「你不是每天都打電話給我？」玫瑰生氣地說。

「怎麼打？打到哪裡去？」麥可沒好氣地回答。

電話幾乎是在同一時間響起的，她伸手去接，「想我了嗎？」電話裡傳來熟悉的聲音，她眼前的時空啪的一聲整個碎裂。

弄錯了。

不是他。

「你是誰！」玫瑰對著話筒裡的男人大喊，繼而又對著眼前的麥可大叫：「不要靠近我！」說完這兩句話，電話裡與真實中的兩個男人幾乎同時發出「妳怎麼了，妳在跟誰講話？」的喊聲，她無法對任何一個人解釋這件事從何處出了差錯，她也無法明白為什麼那晚會在接聽一通無名色情電話的同時，以為那是一夜情的麥可，繼而演變成如今這種場面，這兩個人都該是幻覺，都是虛擬，是因為玫瑰太過孤寂而產生的幻象，當一重幻象出現時，你會知道是自己孤單，然而當第二重幻象也同時曝光，你就知道自己已經被孤寂扭曲，你生活的現實失去了可以被清楚感知的標準。

最荒謬的時刻是麥可搶過電話，對電話裡的男人狠狠地罵了幾句，兩個人在一瞬間化為一體，他們不過都是「陌生人」，一個或兩個並無區別，玫瑰沒有喜愛他倆任何一人更多或更少，那些因著淫穢話語而生的激情，更多時刻，也不過是失眠夜裡的酒精或藥物的替代品，更準確地說，他們都是「清仁」的替代品，是為了轉移或取消清仁帶給她的無力感，為了使自己不會失控突然衝到清仁家裡去，玫瑰寧願自殺也不願意出醜啊，是某種「代償物」，麥可與那人對話著，或許那不過是一個人的兩張臉交替出現，一張嘴出現的兩種聲音交替，但隨著時間過去，麥可漸漸變成了實體，玫瑰彷彿可以感覺甚至聽到電話那頭某個人正在逐漸縮小、融化的模樣，那個被玫瑰冠以「完美情人」化身的人，竟不過只是個隨機撥打色情電話，無意間闖入玫瑰孤寂生活裡，因而得以綿延了一個月的「電話性愛」，他竊取了麥可甚至是清仁的的肉身，得以降生在玫瑰這間寒酸悲慘的單身套房，隨著麥可真身的出現，終究必須消失在電話那頭。

「這樣妳也會搞錯，」麥可說，「有沒有那麼笨？」「遇上壞人怎麼辦？」

他大咧咧地脫掉上衣，直直往臥房那邊走，玫瑰凝望著這個逕直走進她臥房的男人，真實的他，第二次的他，比記憶中粗魯，她記起了他們其實乏善可陳的一夜情，這個男人還是個菜鳥，卻以為自己可以對她為所欲為，他發現玫瑰在原地站立不動，便走過來摟住她，「我不要，」她低聲說，「現在不想。」或者從來不想，她想要的不是他，但這些怎麼解釋清楚，麥可完全不理會玫瑰的反對與拒絕，他幾乎是用拽的，把她拉向臥室，開始拉扯她的睡衣，「我不要。」玫瑰喊著，麥可用蠻力將她制服，在被粗暴地撕開衣服，雙手雙腳壓制在床上，玫瑰或茉莉，她自己也分不清楚的這個女人，彷彿歷經了一段極為狼狽的跋涉，麥可瞪眼望她，那雙眼睛並不恐怖，「要還是不要？」麥可問她，「妳知不知道自己在幹嘛？」「從第一次看到妳，就覺得妳特別瘋，我本來不想再來了，但一想起妳的眼神，就覺得擔心，果然妳就在這段時間裡亂搞了這麼一大套。妳知不知道那個人是變態？這樣有多危險？」正要對她強暴的男人，竟然對她說教，玫瑰感覺那時彷彿是清仁附了麥可的身，猶如過去幾個月裡好不容易才有的電話交談裡，清仁悲戚對她說：「妳一定以為我沒有盡力，妳不相信我是真的身不由己，但我寧願妳恨我，也不要妳為了不想恨我而變得麻木。」

「妳到底想要什麼？」麥可一問再問。「管那麼多幹嘛？不就是要上床嗎？」玫瑰恨恨地低語，「只是性，沒有那麼難！」

他們幾乎是帶著某種恨意，激烈地撕扯著對方的身體，玫瑰想起第一次與他在那高亢清亮的男子團體的情歌中百無聊賴的一夜情，繼而想起與清仁曾經在任何一個可以獨處的地方悲哀又絕望地交合，這些那些，都不是她要的，她渴望著什麼，比性器交合更為深沉，更為親密，或者更為疏離的，即使不相見也可以繼續，她知道世人稱呼那叫作「愛情」。可是她羞於說出口，彷彿那是她不配得到的事物。

最後麥可倒伏在她身上時，叫作玫瑰或茉莉的這個女人，低聲地自語著：

「我想要你愛我。」

「什麼？」麥可問她，「聽不清楚再說一次。」

「現在就從我眼前消失。」她大聲說，「像掛斷電話那樣，拜託讓這一切都消失。」

V 虛擬

顏忠賢

虛擬

~~L'abécédaire de la littérature~~
~~V comme Virtuel~~

痛……到最後到底是什麼樣荒謬的神蹟充斥的怪光景？她跟老醫生近乎哭泣地說，那是一個怪夢。沿著所有她所記得的所有痛的光景及其人地事物都因為無法抗拒的原因而完全剝落的狀態……到底發生什麼怪事的恐慌，所有的她認識的一起玩一起長大一起抽過菸喝過酒的太多太多小時候的老朋友都不知為何因為痛而完全已經變成皺縮的病人或老人，甚至衰老退化疾病纏身而萎縮到後來竟然變得血淋淋的半死屍體，屍塊散布再被做成人球形的手腳拉長變成蔓藤狀地綑綁……那麼怪異又可怕地繞圈團團纏繞著的肉身已然被切割成很多屍塊再拼回一個壺形的肉人偶，只有頭還在肉壺身上頭，所有綑綁的環繞陷入肉身的縫隙都瘀血瘀青甚至潰爛滲出鮮血淋漓到蒼蠅環飛噬血狂襲。就在那暗黑的老房子的最深的角落的傳說中肉雕那麼猙獰到栩栩如生怪獸般不祥的肉柱……出過太多事的那冗長的肉列柱走廊。

她只記得一開始是下了太多天的滂沱大雨，完全沒有停過的雨勢後來還好幾個禮拜完全沒有減緩跡象的那一回洪水，太過激烈的大水滾滾地淹沒了全城，甚至那回的淹水最後沖走了整棟崩塌碎裂尾身的老房子，那個災難發生後她也陷入混亂的人生太過強烈的困擾許久許久……

人事全非而重病纏身的痛的時光太冗長……再回去找那個被沖走的老房子裡她租的那破房間，才發現冗長走廊的廊柱的遺址廢棄殘遺的列柱的肉龍身柱礎破爛不堪的死角，有一根龍柱斷裂的龍頭鱗翅破裂近乎看不出來龍形的獠牙上半裂痕出現的龍眼瞳孔……都是不明獸肉拼雕成的還正望向遠方的更遠更惡臭難忍的那一帶早已變成廢墟，或許更早以前就都消失了，她太過失望地找了好久，最後竟然還遇到老房東還想花天價般的代價把那老房子依原貌重金找尋古蹟學者專家再細心照料重修。她心想這怎麼可能，那老房子太古老太講究，不可能再重新打造所有的雕梁畫棟建築種種講究的細節，但是那太難過的他到底為什麼這麼珍惜還近乎瘋狂地想挽救這已然消失殆盡的昂貴華麗祖傳古厝的老房子，或許難以理解其痛心的老房東到底是想要找回什麼或召喚回什麼地用心良苦，但是她也沒有再追問……

夢中的她已經好久沒有回去了那個她的人生還沒開始以前所浸泡般住過的老房子，連房間裡頭有什麼也記得不是很清楚，好像有很多她深愛的舊時代舊身世的鬼東西，那是一個在荒煙蔓草旁的荒郊野外的老房子，她好像還在青春期最後還是無法決定到底要不要選擇一生要怎麼過怎麼痛的時候就開始住的。

更奇怪的是，好像她也因此想起很多以前的當年很長時間浸泡在那古厝破房間的太多往事，人生殘留的異味擴散般的昔日所曾經非常沮喪地困在裡頭還沒出路……甚至她更後來好像人生已然改變而依依不捨地搬到另外一個不遠的鬼地方，也發生過很多痛事，做過很多職業又難熬離職，結過很多次婚又吵架離婚，不負責任的報廢的人生態度，很開心過但是又不再開心的種種一生快轉的什麼……彷彿一生都報廢了……枯萎腐爛發臭的花蕊盛開過的嬌美弧度完美但是最後終究還是老化萎縮般地天意弄人的，即使再怎麼辛苦怎麼認真都無法挽回的遺憾，始終無法理解為何一生這麼多的痛都完全失控而無情地流逝，一如後來就開始滂沱大雨發生的大洪水淹沒……

她跟老醫生說：太痛的她曾經有一段太長的時光始終困在那個充滿復健治療病患的可怕房間，人非常擁擠到大多病人都沒有地方可以坐，她只能躲在狹窄的角落，看著很多人漫不經心地跟著練習做復健的怪動作，汗流浹背地……痛。但是她老是感覺好像有點怪怪的什麼事正在發生變化的非常細微但是即將蔓延到遠方的影響……空氣中瀰漫著光影投射微微的晃動，略帶腐爛發臭但是不明顯的異味。那個她記得的怪復健師有問題，不知為何，只有她知道，痛……一如怪復健師要讓這個世界開始進入倒數地導向毀滅的傾向，就在某一個倒立扭轉牽動脈輪能量釋放的眾多病人們的怪異動作的狀態之中充滿激發出的遙遠的距離愈來愈近的暗示……但是沒有人發現。只有多心的她在那房間角落裡假裝只是在練習，痛……就只能隨著愈來愈嚴重的舊傷而分心而汗水淋漓的近乎不可能地忍受地太過艱難……

但是她卻因此開始做關於痛的噩夢……那種倒立的復健怪動作到後來才發現在噩夢中變成是某種高難度的痛的馬戲招式。在那一個個痛的噩夢中，她後來還更費盡心力地一路跑，一路出事，始終忐忑，那一趟路到後來才發現她是跟著一團怪人走，不知為何，就真的出去跟著那個老馬戲團巡迴。一身傷的她竟然還一再被要求做一種怪異而陌生的召喚痛的動作，要求進入高難度到近乎不可能的肉身表演技法，一如吞劍噴火空中飛人般那種神乎奇技的怪誕姿勢和很多祕密的不能被觀眾發現的古代道具，那幾天她絕望地還是被逼迫上場前要練習所有的像蠍子尾地著名劈腿倒立後空翻種種彷彿是假動作但是都難度太高太痛到老是失敗。而且練了太久而疲憊不堪的她還是不知道她到底在練什麼或是上場要表演的全部動作要如何連接起來地擔心著，她一邊沮喪地練但是一邊老想著馬戲團主教她的這動作看起來扭轉後彎到變成麻花般或蠍子般的四肢極端怪異蜷縮甚至就像是乩童起乩或惡鬼附身才可能完成的可怕非人類姿勢……到底是為了什麼？

老團長跟她說，這表演的太痛也太高難度動作仍然還是祕密，沒有人成功地練完表演過，所以也沒有可以參考的前例，甚至還沒有名字，她如果最後可以練成，這怪姿勢就用她的名字來命名……

　　但是她卻一點都沒有被偶發善意的老團長所激勵，只是在那時候才發現她不是她，而是另一個人，痛太久之後使她的臉孔變得異常削瘦但是全身肌肉賁張，四肢孔武有力而腹部甚至有六塊肌，近乎是體操選手般的完美身材，只要專注不動念地咬牙撐下去忍受得了……痛，其實所有的再艱難的姿勢都可以做得到……但是，那種痛的艱難發現已然是很久之後才發生。不知過了多久陷落在那裡苦練的她一點也不開心，甚至，在最後真的完成那怪動作的那一剎那，卻一點都沒有成就感充滿的開心，跟著老團長練的本來老逞強或老好奇的種種說不清的內在動機突然不見了。痛一消失……肉身反而只想完全放棄……

　　完全不可能痊癒地長骨刺腰痛背痛太久後來才有高人指點迷津般機緣地去找老醫生的她那麼害怕……多年前就聽過那老醫生曾經說過老醫術的老規矩太多太怪到要開始拉腰痛苦的累積就好像是下詛咒允諾的預言，那種著名坐骨神經毛病要去找老醫生死命地痛到無法理解地數十次拉腰，一開始每個禮拜一次幾次，之後每個月一次幾次，再來每年一次幾次……全部死命看完要十年，坐骨神經毛病太過漫長的痛逃不了到就只能是這樣死命地夜渡迷津般地醫。但是，痛……在這種允諾的宿命太考驗虔誠如何應驗……太多人因種種緣故失敗逃離，或許就好像不夠嚴重就看不好，因為有些人只要不痛就不來了，那就像人面瘡式十世怨親債主糾纏等待那得道國師一瞬妄念就詛咒重回的充滿怨念，痛……就像是病的深度療程的承諾或就是一生所逃離不了最終端的宿命徵兆……

痛是四肢或脊椎側或骨盆歪斜變形折損撞傷種種太不同宿命徵兆般領悟的太多可能。最後老醫生還是忍不住苦口婆心地仔細解說給她聽種種X光片或MRI核磁共振顯影所不可能看得到或看得清楚一點的……如何領悟痛及其更糾心也更深邃的更多允諾死命夜渡迷津的細節。更多更痛的……整脊整骨古代祕密死命怪異療法下手的眉眉角角。但是更怪異的是老醫生老只是微笑安慰著始終擔心的她：宿命般的痛……被業障纏身般地糾纏上的人都跑不了，一如前世寃親債主找上門地無法逃離……那老醫生彷彿特別喜歡嚇她有一回還認真地從死角搬出了很陳舊的那老道具般地解釋清楚……用心良苦地支撐著像傀儡師傾身端著寶物老傀儡般地用力拿起了那一整套他收藏多年的老舊人體脊椎骨骼標本複雜的模型給她看，脊椎硬骨軟骨和旁邊斜斜地花蕊般妖異地從兩側分岔出來的神經鬚根，那軟質塑形體一根一根的死白色弧形神經看起來好美好像妖異觸手一樣，整個脊椎的骨頭彎曲弧度……怎麼看都像怪物。

愈來愈想哭也愈想笑的她始終痛得心頭納悶，這應該令人毛骨悚然的痛的症狀底層附著咬噬的骨骼脊椎……形貌卻那麼抽象圖騰地華麗，怎麼可能竟然看起來近乎瘋狂地好像一隻色彩繽紛斑斕的曲身弧度修長繁複的節足動物、蛇形或蜈蚣形的多足爬蟲類或就是變形蟲放大數萬倍的快從她腰痛死部長出分娩的外星怪物異形。

但是，最後老醫生還是安慰痛了半輩子的她說：痛其實或許也是一種神蹟……那一回她和老醫生一如前世修來的緣分再續地宿命般地好久沒見地說話……說好久到後來哭泣不已的她說到她近年來更深也更尖銳的對痛的領悟，對因為種種舊疾老陷入混亂的她而言，痛……也可能就像是仙人指路或先知發預言，一如說到了某種更難的人生的更深層體驗……對自己的人生更內在的從知道到接受種種抵抗逃離不了又不承認的隱匿艱辛，來自她多年的對痛的領悟。痛始終太奇怪地糾心……痛太久的人都會變得失心瘋般地人生完全扭曲改變，痛到一個程度就不免變得困難重重地更心虛，艱辛時光太冗長的底層爬行好久就不免內心低靡腐朽到更難以想像。

一如之前她痛太多年的更緩慢更昏天暗地進行復健療程的時光……不明疼痛的多處纖維肌痛症加上背和腰的很多節脊椎都長骨刺，或許因為以前她長年地看護重病纏身的母親而姿勢歪一邊，更久之後的痛和怕痛逼使她的人生完全傾斜，拖了更久之後甚至痛到無法忍受地灰心難過……掃地痛做家事痛到後來走也痛坐也痛躺也痛。老醫生老安慰她就想法子當廢人……不動就好，她說，一開始在那復健療程的鬼地方都是艱難地用怪輔具極度辛苦到就像上刑具般疼痛不堪，也像太多年苦心復健治療的不動一如廢人般的老病人們一身痛得好像進入了無窮無盡的無間地獄感。

更後來太痛，每天下班只想趕快回家，什麼地方都不想去。痛到連走路很慢，搖搖晃晃到隨時可能跌倒，感覺是身體非常沉重到就像全身受刑，無時無刻地背負著別人看不到的負擔不起的擔待擔憂，像瘦小的肉身還仍然扛起罩上某種隱形又巨大沉重的鐵罩……甚至，痛令她沮喪失心瘋般地絕望到底……痛到每天都完全不想出門，手完全沒力拿東西到甚至僅僅拿筷子老沮喪到覺得自己太低能失智地更波折起伏地心痛……

她還提及更多痛的意外更出事的狀態……痛使她失神到最後還是不知不覺一睡入夢老就出神而失魂落魄，痛到後來太衰弱一睡就被鬼壓床好幾年，有時還會愈來愈誇張地太痛的時候會用力掙脫，她的痛使她力氣變大可是掙脫之後全身都是阻力，有一次是她在她房間被一堆刺眼到不行的強光照射而刺痛，甚至轉身背對光源也沒用，用盡全力想動卻動不了時她才知道自己正在被壓，好像只有閉眼繼續睡才能不被那光攻入刺傷，但鬼壓床的問題就在於即使她已經認為她是醒著其實還是沒醒來，因為不相信自己還在夢中才會還想要掙脫，但是她掙脫之後的每一步每一個動作都還是充滿阻力地難以往前，她一如小時候老想逃向未去世的父母房間但就算躲到了門後卻還是一樣被強光刺傷地痛，更後來的夢更可怕像她小時候老會嚇到電影院裡看到哭的鬼片，一如小時候的她跟玩伴原本是在海邊那樣黑黑的沙灘海水玩完要去淋浴，不知為什麼好像以前老家的游泳池破舊不堪淋浴間就在離海邊不遠的地方，她們去了之後才發現那鬼地方怪異到竟然理所當然地深埋於地底……玩伴先用最裡頭的那間祕密房間，她要往前走另尋空房間時才發現走廊像旅館或病房般一路都是門扇完全雷同一間一間的超現實感，要洗澡就是要用房間裡附屬廁所，因為時間很趕好像就不知道是什麼聲音跟她說那間沒有熱水必須換去最前面那間病房才能用水……但是她走進去卻竟然是很奇怪的裝潢然後床頭還放了成群破爛不堪的斷頭洋娃娃，她想說她只是來洗個澡的，但要走進旁邊的廁所時，她不知為何地感應到什麼地……逼問她這裡是不是有死過人？然後不知道死的是誰？種種跡象顯示敏感的什麼在作祟。

她一路上老只跟她玩伴說，痛……然後很含糊地跟她說不要問那麼多，也不保證她不會出事，她忘了自己有沒有趕快隨便洗就又走到了走廊底端，還不小心把她那間淋浴間門口的某一塊骯髒斑駁的破地磚撬開，她完全沒看到也不敢去理解破地磚底的更裡頭是什麼，就直接開始哀求……痛，可否從此放了她，她心存僥倖地想哀求……但是因為那股想逃離痛的哀求太逼身到她好像就醒了一會，但她再睡著之後還是仍然被鬼壓，那時候變得很憤怒的她還更痛地緊緊死抓了床邊想使力把自己推離那個被鬼壓的自己，然而身體沒動但是她動了，可是她卻同時因而感覺到身體什麼東西被拔掉，要是她真的離開剎那或許那身體就死了，感覺很像五臟六腑仍然絞在一起地……痛，甚至感覺完全沒救到如果自己太用力想逃離，那麼她的內臟和肉身就會徹底斷裂……

最後她再次閉眼，夢見和死去的自己祕密地說話甚至什麼都說了，而且似乎仍赤裸的她記得她問了自己一個沒講出來的和痛有關的最後問題，請示關於不明玄機的天意，她老指著上端好像她們在夢裡是在下端一樣，死去的她卻瞬間露出怪異的微笑什麼都不回答，到後來她仍然困惑那個怪笑是什麼，或許那怪笑就一如痛……仍然可能會困惑她一輩子……可是她覺得她應該再也不會一再夢到死去的自己了，雖然各種老被鬼壓的多處骨刺長出來的痛一再糾纏……

為了安慰太害怕的痛了太久的她，那個好心的老醫生老在為她死命整骨時提到那部老電影讓她分心……其中情節複雜救贖收尾的種種更久以前的某一個通靈的怪醫生只要為病人全身麻醉之後就會看到奇怪的鬼魂找他訴苦，老醫生最喜歡看這種恐怖電影，就像她會被鬼壓的彷彿起乩通靈或附身的那種鬼片。

老醫生老是說：那部鬼片中有一個死去的道士鬼魂老是跟那一個通靈的怪

醫生說：痛，一如死不瞑目又不能投胎的冤死鬼……無法死又無法活，一如死前的每個人所活過可能總不免是離奇的，痛也不免是離奇的過去生前不甘心的種種找尋狀態。痛是已經死去的鬼另一種回憶其肉身還活生生的可能，痛是鬼老在活過的身世召喚忽快忽慢消長的一團不可見不可感的雲霧，意味著人終究會變成鬼的無常流變，在痛的噴吐中……來世想像誇大變換前世種種死亡前再疼再難過的可能糾纏。

老醫生對她說：或許她的被糾纏一世的痛……一如過去幾世的身世的冤親債主找回自己的碎裂感，只為找回無窮可能鬼片式的不能投胎又不能復活交互糾纏的不甘心。

一如老醫生整骨時死命地按下某一個她腰間老同樣在痛的地方說有一個病人剖腹生產的時候半身麻醉打麻醉針的可憐位置後來麻藥留在裡頭就老會酸痛，來找他才想辦法放血把那個麻藥給放出來，也因為她還是一個髮型設計師每天一站久就痛到不行，後來也來看了很多年很多名醫看不好，直到遇到老醫生下手才不痛……他說都是冤親債主般地糾心糾纏一如多年來看過很多這種半身麻醉打過麻醉針的後遺症，老醫生說他看了一輩子的痛的什麼老毛病都像老鬼回來敘舊，後來才又回頭講那部通靈醫生的恐怖電影的情節細節，太多太多荒謬地就像老醫生舊神桌上那一瓶治痛藥水的藥名就是……鬼油。

一如太多老醫生在幫她放血的時候又說起的怪事……他老嘲笑更多剛退伍的當兵差點被操到死的病人竟然完全不怕痛……現在退伍回來又只變回宅男到每天都在打殺人的線上遊戲，那時候差一點被操死地每天全身痛，提起更多當兵被班長用槍托打傷的傷口，後來找老醫生整骨整脊了很久還不會完全痊癒，因為完全都是壞血累積肉身深處太多種的內傷，一放血就可怕到好像在消業障般地……痛。

更荒謬的是有一回她竟然對老醫生說起有一晚可憐的她所夢見老醫生的怪情節，太可怕又太可笑……就在那一個光線極高極昏暗迷離的整骨老病院大廳，很多等待整骨放血的病人們卻分組在忙著表演各種問題重重的痛的舞蹈比賽。老醫生自己神氣地當起評審，穿著一如摺紙摺成怪異的七彩繽紛長身戲袍，在戲臺上的燈光閃爍之中，他還坐在正中間就好像活菩薩而旁邊還有很多金童玉女天兵天將。

她說病人們痛的戲千變萬化古怪扭曲變形般地練了這麼多年，最後還不是完全為了取悅老醫生的喧嘩秀場，像是跑龍套而緊張兮兮的病人們到後來竟然都只像是啦啦隊表演地情緒激動，為了襯托主舞臺那種好像封老醫生是神醫的慶典儀式，荒謬到在現場看了好像覺得自己只是去錯地方用錯力還自以為是狂妄地嘲弄其他病人們的痛……

最後她還跟老醫生說了另一種自己更痛但是也更荒謬地過度剝落的身世……她老是不明原因就胃痛，照胃鏡之後的西醫叫她戒吃了就痛的所有鬼東西，不能吃甜食，不能喝咖啡，不能吃油炸的辣的生的刺激一點的都不行。最後，連有酵母發酵麵包都不能吃，甚至連她小時候最迷的粥都不能吃。那種太過激烈的痛，更後來就完全變成詛咒般的某一種嘲弄的宿命：就是她愛吃的都不能吃，一開始她常常忍不了地心情不好就偷吃，老偷吃甜點冰淇淋，但是每次偷吃就痛。痛到什麼都不敢吃也不想吃……導致饑餓的肉身虛弱到另一種更極端地轉移，每天都有太多的情緒，忍不住的過程中，充斥著火燒般的怨恨別人一如怨恨自己，種種自怨自艾到最後承認人生永遠是無奈，也老想起一生太過用力身子累壞了的太多年。老在想退休，在想另一種人生……以前一直放不下，後來竟然好像已然慢慢可以了。因為痛，以前眷戀的慢慢有意無意地剝落，以前常想吃什麼好吃好料或常想買什麼好衣服好東西……現在因為痛的領悟到什麼都不能吃也不能穿，再更久也就真的慢慢放下。一如更激烈的神蹟的荒謬……痛，就像意外的生命的破洞，想不開也不想接受的什麼，從知道到接受始終艱辛，僅僅是知道都不是知道……要承認自己的痛那麼困難。

痛……是神蹟，她最後對老醫生低泣地說，令她一生太過疲憊的老緊張兮兮生活竟然愈來愈鬆弛，有種怪異的喜樂甜美柔軟的釋放而愈來愈不在乎。

她太痛……到最後開始常常失神，忘記，忘東忘西地老出錯……甚至最嚴重到某天晚上一如往常開瓦斯燒開水，她到屋頂去晾衣服下來忘了關就睡了，雖然火開最小，但是到第二天出門也沒想起來，一直到了第二天下班，回家開門聞到瓦斯味瀰漫，才知道已經燒了一天。水都乾了甚至壺都燒出滿壺剝落焦黑破洞，但竟然還只在悶燒，還沒把她那破房子完全燒掉……

一如神蹟。

V虛擬

童偉格

虛擬

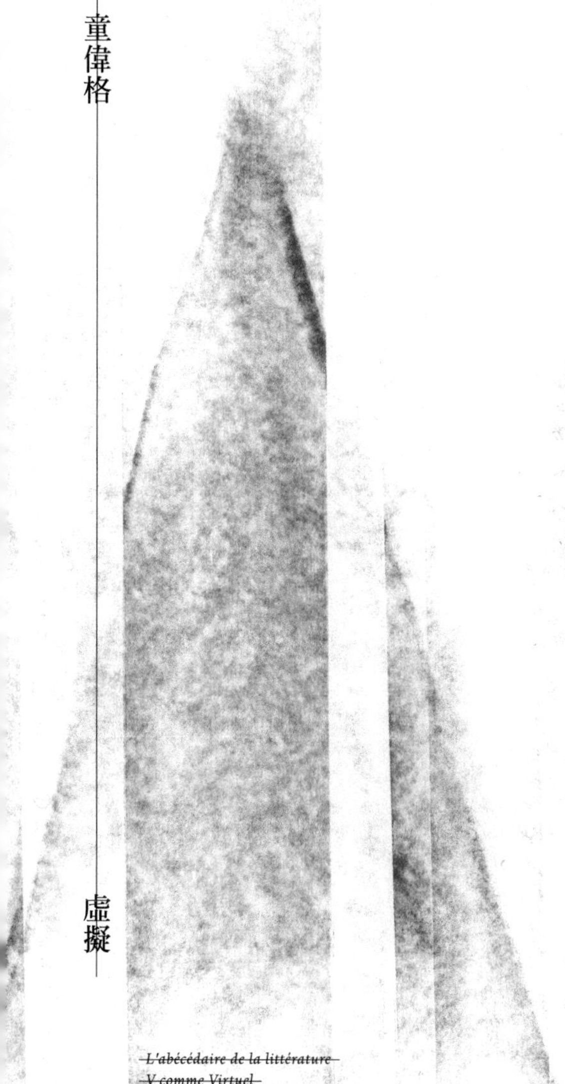

L'abécédaire de la littérature
V comme Virtuel

社會學將這種來往卻不融合的現象稱為「扣連」(interdigitization)。在箱丘上為期二百年的時間裡，瓦里和蒂瓦納庫就像生活於平行世界中的兩群人，雖然生活於同一個時空，卻全然獨立。

——查爾斯．曼恩，《1491》

人類命運共同體於二〇一八年修憲時寫入《中華人民共和國憲法》序言。官方表述人類命運共同體是一種價值觀，也是中國把握世界潮流、人類命運走向上的智慧體現。同時，中國也強調了中國不求全球霸權，中國的目標是「構建人類命運共同體」。

——維基百科

人間の運命のコミュニティの文学的指向

這篇小說結束時，我們的主角島津，想像自己晚生了三十年。他不會在小說開頭設定的時間點，走進羽田機場入境大廳，同時，想起祖父的最後一回飛行。彼時，祖父隨縱隊衝天，以無線電巡弋，發現司令部失聯，指揮所無言，全縱隊頓時耳目失聰，只好迂緩返航。就在越過海，再次遇到陸地那刻，祖父看見雲底空前燦亮，海天空前自由而疏闊，因此而屏息。那是祖父一生裡，記憶最深的景象。祖父卻記不得自己，都出過什麼任務；忘記了每次出任務，都不被預期，可能再次回返。

島津也不會剛剛出席了由魯迅文學院舉辦的「国际写作计划」（簡稱亦為IWP）系列活動裡，一場為期三天的研討會。彼時，北京理論上，已落實了室內全面禁菸法：在飯店房間的矮几上，擺了禁菸告示牌；抽屜裡，則藏有菸灰缸，和火柴盒。為了克服思想矛盾，島津給自己隔了頂吸菸帳篷：他用窗簾圈圍矮几，藏身裡頭，兀自，對著一道窗縫吐煙。

在那頂個體戶帳篷裡，他天天恭候晨光到臨，看當平闊大城一受光，近處沙漠，就前來游牧此城。房間在飯店九樓，臨窗望下，是一所小學的操場，日日，那同一位教師，用超傳導麥克風指揮學生集合，布達規定事項。聲調明白、昂揚且堅定，再次教會他用語和腔調。像是一切新起樓層都不算高，歷史也並沒有太遠。

當再次拿出研討會論文集，他覺得關於大會主題，他比較能讀懂了。那時，他也就開始預想著，有什麼是離開後會記得的。他伸手貼窗，像要將那虎口大小的一角塵霾，摘要自空無，像個虛詞，令其疊沓一切，寄存某種「文学的」雙義性。

運命

在東京，若以皇居為圓心，則玉川上水，太宰治自溺而死之處，恰與島津四代老家，對峙於同一條直徑的兩端。在東京，一切河道終歸同一海灣，其中一條無名溪溝左岸，立著島津曾讀過的中學校。中學校旁邊，就有一處展演雙義性的庭園：外國人需購票參觀；本國人，則自一九三二(即昭和七)年、此園收歸國有起，即可無料入場。

庭園主建築在南側，木造，名為「大正紀念館」，因理論上，那是舉行大正天皇喪儀時，天皇的停靈所。天皇葬妥後，停靈所陸上行舟，由原址駛入此園常駐。一九四五年，停靈所遭空襲焚盡，塊木不存。戰後，人們以新材、照原樣重建，漸漸，成為附近居民舉辦各種活動的聚會場所。這裡頭，有一種很日常的停靈精神。

出紀念館，可見占半個庭園廣的人工湖，及北濱，屏障般的假山。山與湖間，蹊徑曲折，繞盡彷彿是為了履實遊客夢寐，所建置的種種日式風光：蘆邊濱，九重塔，松島，傘亭，集伊予青石、佐渡赤玉，備中御影等名石於一處的枯瀑組；凡此種種。那道屏障假山，真的也叫「富士山」。

彼時，島津可能是日本國民裡，最熟悉此園的中校生了。主要因為放學後，他常得獨自在園內跋山涉水，尋找自己的書包。有時，他也爬上富士山十合目，在山頂，晾乾自己鞋襪、書本和雙腳，直到四周暗下，像整個日本，在他眼前沉進冷夜裡。他聆聽森森湖音：夏天有白額燕鷗；入冬前，則有鳳頭潛鴨，那樣迢遠地前來哀鳴。他聽著，數算著再要多久，或是否來得及，自己中學校能畢業。

彼時，他還未想過：過短生命若有任何不義，那大概因為在他人眼裡，這生命太容易只有單一喻義。例如，大約任何像島津一樣，曾研究過蕭紅生平之人，都不會錯過這巧合：蕭紅離世的場景，神似最初，她離鄉入世之景。前者是在一九四一年，耶誕前夕的香港，當時，攻陷九龍的島津祖輩人等，正與隔海困守的英軍對轟。港島上，整幢思豪酒店的住客都躲進地下室；整座港埠半空，彷彿只剩動彈不得的蕭紅，和她的病床。

後者，一九三二年八月，哈爾濱東興順旅館。彼時傾城惡水，路像墨跡，道道隱沒。欠債被扣為人質、又懷孕將臨盆的蕭紅，困坐二樓雜物間，看人們搭門板，划鍋盆，從她窗前疲累漂過。像她一樣，饑饉待哺。這時，很容易覺得世界，就是一個漫無牆垣的牢獄；牢獄核心，這名孕婦，只是另個套盒般的牢獄。核心的最核心，我們看不見，但那想必是一個無限趨小，卻終不能合圍成實的神祕空洞。

這是人間九年：一個人的生命時間裡，最末那九年；但在文學時間裡，那卻是作者獨身創世的最初九年了。我們難免，也僅能將這段年歲，理解為孤獨的宇航，想像在其中，連串暗箱般的套盒，駕動另些套盒般的稍大暗箱，正以光速行過光年；想像，唯有在與其對速同行的情況下，一些空洞，才可能在我們眼中，還兌成他者的人形。

就像某天，當將要老於蕭紅的島津，偶然從書案抬頭時，他就看見她，像是從未移動過，始終就困坐在同一暗箱裡，和世間大多數的我們一樣。世間有什麼呢，我們相信特別多的，是絕無喻義的事件。我們相信人人都見過唯他得見的風景。我們相信，「文学的」必有其無解的不義，只因它需求一種多麼倒錯的徵斂：無盡微分過往年歲，成為新的起點，直到一切終成短促。因同時我們亦明瞭，即便是像這樣的否證自身，也必然形成某種隱喻。

就像某天，那位曾在自一九三二年起、即對他這國之人無料開放的富士山巔上，冷晾過自己雙腳的中校生，終將牢記底下這件小事。亦是在一九三二年的寒冬，蕭紅終於重兌人形，得到朋友的照護了。她參加聚會，很是快樂。有點尷尬的只是，因聚會場所實在太過溫暖，所以，她凍傷未癒的腳趾頭，像是就要在她鞋底爆炸了一般。靜靜地，使她感到痛楚。

「啊，你在這裡呀。」她低頭微笑。多年以後，當島津聆聽時，對他而言，那像穿過無盡隔閡，從極遠處無盡縮小視界，終於找到自己如實的心臟一樣。原來它還在。

コミュニティ

我們知道，眼下世界亦創生自一處暗箱。那是在十五世紀末，彼時的教宗亞歷山大六世，秉照至高微光，觀看一幅可供近觸的地球全像。他伸出食指，沿西經四六點三七度，精準地，縱畫下一條直線，判定從此，歐洲除外，直線以西屬西班牙；以東一切，則盡歸葡萄牙所有。它們是彼時，主最好使的一雙牙。我們都知道，主完全沒有要建立俗世霸權的意思。

五、六百年震盪、持續摺曲的地球現代史，由此分海線起始：依隨潮浪，無盡的啟航，探勘，征服，異端撲滅與同化運動；不斷的殖民，抵殖與疆域重理。其中一次由島津祖輩人等所推動的潮浪，初始帶起蕭紅和她的痛楚，走入了魯迅最後三年的生命裡。那裡存在過溫暖的友誼。最後，則令一九四五年的太宰治，藉官方徵文之正當性的掩護，以《惜別》這部小說的書寫，全心臨摹起他自擇的精神友伴——青年時代，留學仙台醫專的魯迅。

也許並不奇怪：特別是中國學者提醒島津，務必關注太宰治和帝國審查制度的複雜協商；建議他，再次如島津研究生時代已習練過的那樣，仔細互文比較《惜別》，和魯迅文本〈藤野先生〉。藉著研究太宰治的複寫技術，島津理解，我們可研判這位在島津祖輩人裡，號稱是最「無賴」的一員，如何以慵懶修辭和消極姿態，抵禦彼時，遍地自燃的皇言。但如今，島津更專注於想像一個問題：太宰治藉著虛擬魯迅視角，所創造的界線混淆。

彷彿，那亦是另一暗箱裡的創世，在那裡頭，原是什麼也沒有的。直到太宰治，能從自己兒時，在日本東北成長的記憶裡，淬切一列隆隆奔跑的火車，由此擺散蒸煙，再與更多此曾在，熙攘匯聚成自己出生前三年，那片臨海的仙台街區。直到那般匯聚，成為昔時，青年魯迅的視覺再現時，驟然，猶思索著定向的魯迅，就與「轉向」後的青年太宰治，一同對速而行了。

直到太宰治更獨斷地，將那樣明白的鐵屋隱喻，魯迅的國族寓言，改寫成一則重新的提問。在《惜別》裡，太宰治寫道，某一個暴風雨夜，某人遭逢了海難。他被猛浪飛摔上岸，抓住了燈塔窗沿，這才稍得喘息。他想呼救，但向窗內望去，他看見燈塔守衛夫婦，正與女兒「安安穩穩地吃著幸福的晚餐」。他遂遲疑，分神。這時，大浪再度襲來，他被捲進海裡，漂向遠方，一語不發溺死了。是夜無星無月，此事無人知曉。守衛一家，「仍然全家和樂融融地吃著飯」。

放眼舉世濫殺，這名作者，對島津而言，像在十分稚氣、卻又過於苛刻地自問：哪怕只是稍微，一個人能否為讓自己得救自絕望，而侵擾他者的幸福。由此自問，青年太宰治告別青年魯迅，沉入自己人生裡的最後三年。

人間

大約和蕭紅同時離鄉，《人間失格》的女主角之一，恆子，亦離開了廣島老家——是啊，我們都知道，就在太宰治寫成《惜別》的一九四五年，那裡發生了什麼事。恆子是隨開理髮店的丈夫，同來東京發展的。丈夫工作不老實，犯了詐欺罪入獄；恆子遂獨租一位木匠家二樓，晚上在銀座酒館當女侍，白天，則日日去探監，給丈夫送東西。就這樣，在一個寒冷秋夜，「連醉漢都懶得親吻」的恆子，遇見了小她兩歲、去春也才剛進京讀高校的葉藏。

葉藏人帥真好，一個不當心，就深受大家喜愛；再一個不小心，就當上了本鄉等四區聯合的「馬克斯學生行動隊長」。聽說將要武力暴動，他買了把「連削鉛筆都有困難」的小刀，帶著防身。葉藏覺得當隊長很麻煩，因這職位下不了班，像測量員K，他常測不準自己是正為了行動在偽裝，或偽裝成是還有在行動。其次，是因上級不斷遣他辦事，但葉藏身體不太好，且錢不很夠用。這個秋夜，他亮出身上僅剩的十圓，說要買酒喝，一副累壞了的樣子。

恆子看著，能怎麼辦呢，只好請他喝酒，再招待他，去附近的壽司攤吃到飽。這事不難，因葉藏天賦異秉，自小就算長期不進食，也從不曾感受過「餓」的滋味是什麼。看著師傅備餐，他只覺得：師傅長得好像蛇，然後捏的壽司都好大顆。最後，恆子只好就把葉藏，領回木匠家二樓了。是夜，她跟他說，今後，再也不去探看丈夫了。葉藏聽完，天剛亮就溜了。之後一整個月避不見面；再見面，兩人就相約要去跳海了。事情就是這個樣子。

海在鎌倉，十一月的夜。高校二年級生葉藏，和倘有機會升學，高校剛能畢業了的恆子，相伴前來。好奇妙，從更愈久遠的未來，望進這個月夜裡，他們會顯得更真切地，竟然就是一雙孩子罷了。投海前，恆子解下腰帶，摺好，端放石頭上，因那「是向朋友借來的」。葉藏看著，只好也脫下披風，同處擺齊。恆子情感本真，衷心只想歸還不為自己所有的；而做為唯一觀眾，同處舞臺般的一角聚光裡，向來焦慮於個人詐偽、真心覺得自己天生是騙徒的葉藏，很難不產生看戲般的疏離感。晚一步行動，他能做的，只剩下對恆子舉止的擬仿。

他真的努力過。他嘗試自行入戲，設想著：「我」現在，是「真的」要告別人間了——能為人所識讀的，留給人間；只有「我」能理解的，「與我那帶刺的陰鬱氣流相互交融」的，「我」領著「我們」，前去別處了。彷彿僅是，就因這多餘一念，這一剎那的分神，那個「別處」，就如此嚴厲地，對葉藏關上了大門，不容他進入；或者，是繼續寬許他，在人間試煉所生活，經歷他人無由的摯愛，日漸，忘卻了恆子的臉容。

就這樣，恆子正在寂滅。那面冷海浸潤她，將流動在她血裡的碳，攔停與冷凝下來，如世間每位我們，終有的結局那樣。我們知道，這些血中之碳，就跟十多年後，將在恆子老家上空，瞬間裂變的那兩茶匙鈾一樣，都是宇宙星體的塵埃。我們也許，該為恆子慶幸：當那顆人造恆星，在恆子故鄉短瞬重生時，她早就順利抵達「別處」了。她不必見證自己最熟悉的世界，在一瞬間瓦解——在時間失效的洞開廢墟上，倖存之人將歸還人形，將再被那無限趨小、極不可測的放射彈道，給一點一點，更真確地鏤空。

我們慶幸，就算恆子無法想像，到底什麼是「連串暗箱般的套盒，駕動另些套盒般的稍大暗箱」，她也不必肉眼親見，然後突然就懂了。

指向

就這樣，那面冷海且再繼續流動，逆時鐘打轉，在遠處，受黑潮所擾，一股一股，迴流到東京，那一切河道終歸的那同一海灣。在那灣濱某處，海即將被填實；即將，長出在這篇小說開頭原本設定的，島津的回返與降落之地。島津想從一個如斯工整的敘事結構叛逃，想像自己，不會是在那次降落時，才像從未被告知過那般，恍然明白了底下這件事實。他不會假設，倘若活到九十多歲的祖父，早了整整七十年出生的話，祖父竟然就有機會，肉眼親見最後，一個帝國敗亡的場景，是多麼神似最初，這帝國萌芽之景。

最初，是四艘冒著蒸氣的黑船；最後，是一艘長達三百公尺，渾身銀光的戰艦。島津疊沓兩次視覺再現，明白必然，對那假設的祖父而言，最後場景，不見得就更科幻。

那個帝國的生滅，是人壽可及的範圍，我們會以為，人總該記得更多才是。但對島津而言，真實的祖父，是以接近壽命全長的時間，成就了遺忘。事實上，遺忘的競速，自那銀亮戰艦觸岸之前一個月就開始了。彼時，祖父閑散在帝國空軍基地，僅剩的一件事，就是抹消自己的存在。他與同僚們燒文件，漆掉各道門、各堵牆與各組機翼上，無處不在的圖徽和番號，讓整個基地嶄新而油亮。

祖父彷彿就是這樣，在完成清潔工作後，即舉著手上的油漆刷，直直走回家，從此，成為一名自島津有記憶以來，就頗和氣的老髹飾工。其實，對島津而言，那條無名溪溝兩岸，所有祖輩之人，看上去都和氣，也皆都愛整潔。他們的兒輩，和兒輩的兒輩，也全部都如此。他們接下祖傳的各種小手藝，也打算將各自營生傳承下去，彷彿千年以來，他們都就是這般生活。

他們在紀念館舉辦活動，也讓那活動本身，成為庭園裡，日式風景的一部分。他們在紀念館裡，舉行島津祖父的葬後謝宴。彼時，島津和遇見的中學校同學，也都哀哀矜矜地打了招呼。他放眼望去，湖還是記憶中的湖，那富士山巔，聚站了一群外國遊客。那裡視野最好。

彼時，島津想起，是啊，羽田機場已經重新「国際」化了，海埔地上的新航廈樓高五層，特色商店極多，外國遊客可以從那裡的江戶店鋪，一路搭電車，逛來此庭園所在的舊街區。島津且也想著，此刻，若這片舊街區住著一名孤單的中校生，如昔時的他，現在，他也能每天搭電車，去那新航廈漫遊了。那想必是他能去到，最明確索引著遠方的近處。在那個年歲，他的心中，燒灼著永離的渴望。他必然以為，只有在那裡看見的人，才是真實存在的——至少，他們身上的一點灼熱，攜來的任何微物，都令人緊張，像是隱喻了真實的疫災。

於是，就像這樣，在這篇小說的結尾，我們的主角島津，目送年輕三十歲的自己出電車，走入羽田機場最新的航廈。他搭手扶梯上到二樓，來到入境大廳，像攀上許多瓦里人，會遇見許多非瓦里人的箱丘。我們理解，從來如此：對一名瓦里人而言，所有的非瓦里人，都叫「蒂瓦納庫人」；反之亦然。

因為這是小說以前，我們早就知道的事實，所以小說在此結束。

V 評論

潘怡帆

虛擬

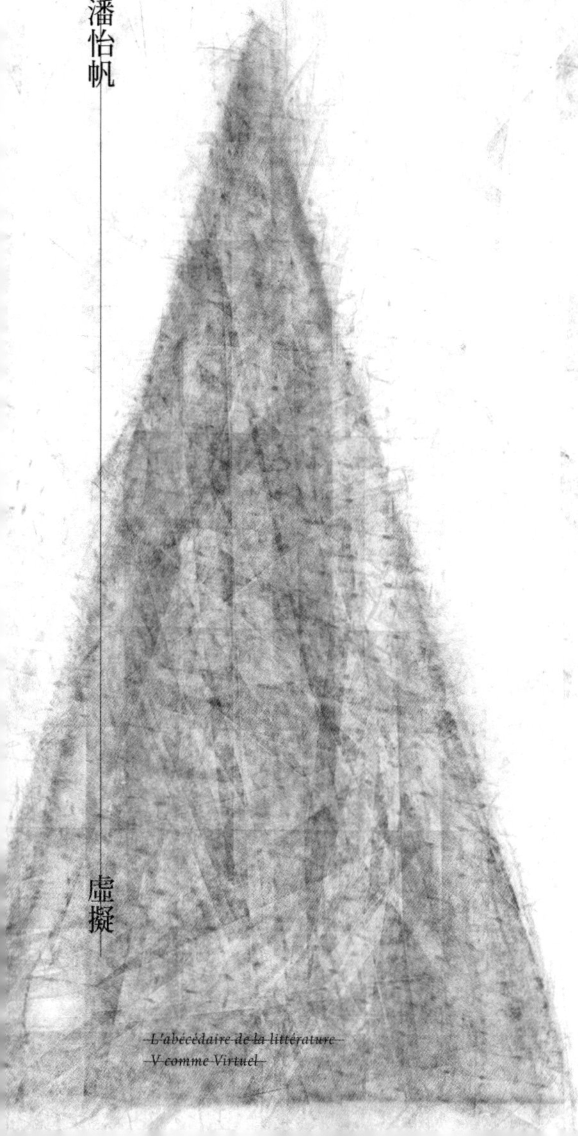

~~L'abécédaire de la littérature~~

~~V comme Virtuel~~

楊凱麟在字母V對比經驗與虛擬：文學的對象不是經驗，而是虛擬，因為經驗是「已經永遠死去之物」，而虛擬是事物的潛能。經驗是死物，因為它是已經實現其潛能的事物，死於不再可能變化的究極狀態（きゅうきょく）。經驗的死因在於潛能已被完全實現，虛擬則因為事物潛能的隱而未張，亦即仍保有變化的可能性而取得蓄勢待發的生命力，就像上膛子彈的殺傷力隨著擊發的時間與距離而遞減。虛擬因此與仿真無關，而偏重於通過改變所能激發的生機。事物的潛能促成變化，由死轉生，經驗與虛擬的對偶涉及的是死活之辨，文學必須從業已實現的經驗中離開，復甦事物的潛能，使現實重回尚未抵定的活體狀態。恢復在經驗論斷前的現實，走入進行的現在。弔詭的是，小說家通過書寫卻是為了確立而非推翻經驗，再獵奇的事件亦經由字句而落實成可認識的經驗，白紙黑字固定了事物現實的模樣，使之脫離四處湧動的潛能狀態，構成讀者經驗的全體。由是，書寫的實踐必然背反於對虛擬的要求。那麼六位小說家該如何逃離如是悖論，使書寫不停留於已實現化的事物，反倒能恢復現實的虛擬性，則成為字母V翻轉書寫決定論的考驗。

駱以軍的敘事者「我」連講了三段不相干的回憶：一間會吃東西的房間，一個美豔的酒店女郎感覺像是瞬間變成老婦，以及一個很可能只住在我腦中的我哥。敘事的脈絡由彼此的矛盾否定承接：他先講述兩個故事，卻說「這其實也不是我要說的」，再以第三個故事指出，上述三者「就是我想要說的」。不斷顛來倒去推翻前述，使敘事者陷入非此非彼的多重辯證之中。三個一套卻不連貫的故事是對總已破碎如波光漣漪般沉浮的回憶白描：「這就是尋常無奇的三個人生回憶片段」？或關於一個小說家／精神分裂者的症狀側寫：「我不明白，這在以前，我這樣的人，不是應該被稱作『說故事的人』，或是：『短篇小說家』，或是『專欄作家』？為何我就成了他們說的『精神分裂者』」？或甚至第三種可能，搜羅故事的大數據：「我只是一臺電腦中的一組程式，在模擬人類說故事功能的假運算電流跑動」？小說末了，敘事者請聽故事的人記得「關機」而非關門，既呼應了「我」即AI，亦不無可能指向小說家的一種書寫策略或精神分裂妄想，甚至也可能只是回憶中的語言誤植、空缺或迷惑，就像敘事者既清楚又疑惑於自己對哥哥的回憶。三段往事的內部均撲朔迷離（定點消失又出現的眼鏡與手機、快速老化的舊識、想像或真實的記憶……），敘事間無關連造成的裂隙、非連貫性的跳接，最終使說故事的人成為最大的謎團：「我」是誰？在哪？又為何不斷說出這些既沒有統合卻又汩汩冒出的故事？小說的敘述不再有助於烘托敘事者的輪廓，使之栩栩如生，像《奧德賽》或《魯賓遜漂流記》，卻經由羅生門式的疊加讓敘事者面目模糊，不成人形，如布朗肖的《黑暗托馬》與貝克特的《無名氏》，如此轉折正銘刻著當代小說與傳統作品之辨。班雅明曾提到，十九世紀以前的人用說故事傳承經驗，他們將經驗刻劃成鮮明的故事軸線，賦予反省大義。二十世紀的人則面臨過往經驗已不足以說明的劇烈衝擊，現代化的結果與兩次大戰的強烈體驗不僅粉碎既有的經驗知識，也尚未尋獲新的對策或回應，使得人們不可解地陷入困惑與迷惘。倘若既有經驗無助於解決當前的困境，那麼與其說是經驗，毋寧更是匱乏或匱乏本身成為經驗，更近於人的存在處境，更如實標誌當代的實際所是。只是匱乏的經驗並非取消經驗，而是比經驗更大，它在歷經所有經驗之後察覺到不足，此體驗成為對經驗的擴大而非縮減，它奠基卻又不止於經驗，尚未定型但絕不反智。它使人從可思考的經驗擴充朝向不可思考的體驗，拿掉「人是什麼」的預設，轉用「什麼構成人」的疑問，以便吸納更多在經驗可說明之外的體驗。說故事從此無以為繼，因為脈絡分明的故事牴觸了紊亂的現實存在，而小說必然支離破碎，因為它始終處在潛能裡等待著自身的完成。駱以軍的敘事者以三則看似互不連通的敘事開場，小說沒有愈寫愈明朗，反倒將邏輯破綻傳染給說話者的身分，變得可疑，使被摹寫的經驗無從蓋棺論定，現實分歧成各種潛能回返。讀者不再能通過閱讀獲取他人的經驗，因為小說裡的經驗正避逃我們腦中的答案，由是閱讀逐漸蛻變成讀者的一種體驗。我們徘徊在敘事者也理不清頭緒的困局裡，愈渴望找出打通任督二脈的關鍵渠道，愈深陷其中裂縫，愈從作者寫就的文字裡體驗到既有經驗正如沙堡般潰散，愈把寫就的文字還原為尚未成為經驗的現實虛擬性。

駱以軍的小說虛擬性不在於敘事的離奇，而在於懸而未決的延續，小說經驗沒有被聽懂、澄清與傳承，而是無止境滋生疑雲。即使讀完小說也不會恍然大悟或感到輕鬆，因為被安置其中的迷霧沒有半點消散。並非作者刻意隱藏解答，或讀者忽略了字裡行間的影射，而是迷霧從根本就是迷霧。由是，駱以軍的小說比起大仲馬的《基督山恩仇記》更接近卡夫卡的《失蹤者》。基督山的離奇消失或謎題終將隨著故事安排獲得充分解答，所有關節將被一一榫接，像是不會走偏的精密鐘錶。相反，卡夫卡不斷在敘事間衍生費解的事件，卻從未給出明確的緣由或目的，它們可能被質疑，最終卻只能接受，嵌進敘事夾層，像突兀卻無法排除的異質存在，梗噻不下的魚刺。於是，無論小說其餘部分如何細膩地安排細節，敘事內部充斥的各種疑慮與隱憂也無法消弭，最終導致所有精準的描摹看起來全都很可疑。讀者可以痛快地闔上《基督山恩仇記》，卻難以走出《失蹤者》的迷宮，讀完卻毫無解套的敘事，像無從擺脫的幽靈般糾纏。用駱以軍的話來講，這正是使故事迷人的「小說氣氛」，營造的法門在於使日常經驗的邊邊角角泛起微微質變。駱以軍以破綻使得潛能持存於現實，遲遲無法被收編到經驗的認識中，黃崇凱則讓書寫裂變成雙面鏡，對倒了兩重不同的意義。小說敘事者「我」描摹著基督徒的日常：「湊巧我們家信耶穌，我就跟接受我的家庭一樣不加思索的接受了這個信仰。平常沒有什麼差別，就跟我其他同學一樣，我從來不會主動提起自己的信仰。……我的信仰就被保存在一個特定空間，那裡有其他人一起高聲歌唱讚美，各種年紀的人反覆讀著聽著經文內容，這裡頭的莊嚴讓我可以暫時沉澱下來，等待世俗的泡泡慢慢消散。」信仰被劃入特定的空間，那是通過歌頌、閱讀聖經而充斥言說的有聲世界，對比於日常沉默，信仰從尋常生活中區辨出來。言說是宣揚、非經驗且屬於神的，一般的生活是無聲、沉潛、實作而毋須贅述的，敘事者把言說與日常分割成兩個斷面，開口言說是為了榮耀神與衛教，至於實際生活則保持低調，無差異或潛伏於諸眾。因此無論學長怎麼說，「跟他爭辯是沒有意義的，不如這樣就好」；即使有過一點懷疑，卻不至於排斥教會，敘事者只是聽道讀經而「不說話」。言說是宗教的，生活則是不在場的，教友公開對同志婚姻表達嚴正抗議，倡議婚前守貞，私底下，單身教徒借鏡同志性愛，以便規避性器插入又能滿足情慾。於是，反同是口號，師法同志是生活，嘴上仇同，身體赴同，言說與現實生活分裂成兩重世界，精神與實踐，教徒弔詭地以不能公開的身體力行成為堅毅不拔的同志們。小說裡的心口不一使讀者一目重瞳地看見兩樣生活，冠冕堂皇與心照不宣，就像教友罔顧現實，用流言蜚語搭建另一重想像世界，學長反基督的振振有詞，彷彿全身籠罩在光環裡極度貌似講道的牧師，每一層敘事皆分裂成二重形象。敘事者一邊聞道，一邊口交，她化身酒神狄奧尼索斯，以口交斬斷神交，讓學長滔滔不絕的辯證在她張開的嘴裡消聲匿跡。然而，小說的目的與其說是為了驗證身體比嘴巴更誠實，生活比言說更具說服力，毋寧更是通過敘事的裂解與相互交戰，使「所說」脫離為「所是」背書的宿命，指出表態的文字如何總已預藏著另一重逆麟的緘默。由是，我們才得以理解黃崇凱以《創世紀》做為小說開場的預示：「太初有道，道與　神同在，道就是　神。」這段言說記載著人誕生前的世界起源，因而並非人經驗的再現。「與神共時」不僅指出言說先於人，更說明其生命力不取自任何存在的經驗，而是做為萬物創造之本源。換言之，言說與經驗沒有相互一致的必然性，而是兩種世界的共在與相互交纏。從未經驗神並不阻礙人說神的能力，滅神卻一再以言說驗證有神。因而，言說並不總是對經驗世界的追認，誠如王爾德所言，不是藝術模仿人生，而是人生模仿藝術。言說的威力在於它從不僅只複誦現實，而是它總已朝向另一個可能的世界開啟，並迫使現實隨之起舞。於是人們敬畏言靈，而即使眾人皆知事實勝於雄辯，亦無損於人言可畏。

倘若黃崇凱通過言說展示一種與沉默日常不同的世界構成，胡淑雯則進一步演繹言說造偽的威力，使習以為常的物質事實分子化，碎裂與重組，以應然與實然間的錯位逼顯現實中的虛擬性。造偽並非日常經驗的再現或捏造，而是使經驗脫軌成事件，它奠基卻又不止於經驗，而是通過極大化的擴增實境，蛻變為對現實潛能的靈視，像二〇年代的浮華社會產下《了不起的蓋茨比》

（*The Great Gatsby*）。通過虛擬現實所應當的「如其所是」，造偽因此比真實更真實，它卸下各人身世差異的想像邊界，將所有人一併拽入蓋茨比紙醉金迷的狂歡派對，像黛西一樣拜金，湯姆般妒忌與傲慢，最終與蓋茨比一同崩潰。造偽於是越過了「非現實」的防火線，搭建我們安身的世界，像胡淑雯小說裡那許久不見消息的國中名人小炎，曾是小流氓的問題學生，幾年後華麗轉身為磊落大方的富商，據傳全靠著他有個富爸爸與世代積累的黨國人脈。改頭換面後的小炎主動召集同學會，幾次請客吃飯喝酒抽雪茄的低調奢華讓同學們慷慨解囊，踴躍成為小炎事業的投資人，分享他動用特權與關係開鑿而出的無窮金脈。小炎過去人盡皆知，人人避之惟恐不及的黑歷史，被強扭成今日飛黃騰達的鐵證如山。浪子回頭的傳奇遠比謹守本分與刻苦積蓄的現實都更加戲劇性，時來運轉、人人有獎、翻盤有望的偶然性將發財的可能範圍擴及眾人，使故事變得加倍動聽，呼應著黃崇凱提到的：「總要顯點神蹟才神嘛！」比起明擺著的現實，我們更期待那一筆勾銷現實的神蹟，滿心等待著那藏匿於現實的潛能乍然爆發。這是相信與不可置信的絕對差異，從理性霎時翻轉到非理性的壓倒性勝利。曾被亮過刀子、堵路討債、欠酒店的小姐錢……小炎闖禍不斷，劣跡斑斑卻沒有理所當然地走入八大行業，反而混到美國學位，事業如日中天，今非昔比的巨大反差讓他輕描淡寫的言談間「含著深不可測的祕辛，祕辛裡含著深不可測的交易」。即使聚會只是敘舊，誰也未真正見過小炎事業的版圖，他不堪的過往卻弔詭地為今日財富背書。蛻變比始終如一更有力，不可見的比可見的財富更具致命吸引力，塗掉邊線將使有限躍升成無限，這便是潛能與現實的最大差異。倘若不是背後有高人、獨門消息、江湖勢力與黑幕重層，像小炎這樣一個高中落榜，必須出國改造的問題人物怎能不把錢當錢？這些鎖在雲裡霧裡的問號被兌換成財富可觀的解答，愈無解的現象，愈暗示著背後錢坑的深不可測，由是，未解之謎被開鑿成現實的潛能，啟動無法遏抑的遐想，胡淑雯加重地敲擊出駱以軍小說裡的節奏。世襲財富與奢華闊綽不會令人心馳神往，這些不過是已耗盡潛能的現實。你家有錢，與我何干。少年小炎即使家境富裕，也無人追捧。相反，過去歷史愈荒敗，愈能使日後的出手大方晉升為另一種完全不同級數的，讓人心旌搖曳地滋長出發財大夢：小炎都可以，我(們)當然也可以，只要掌握了跟他一樣的機會。纏繞於重重神祕面紗中的財富不僅只是擺在眼前的鈔票，更通過被隱約遮蔽的輪廓線取消了所見的有限版圖，指往未來與被無窮放大的機會。就像小炎自皮夾抽取小費的唰唰聲，千元新鈔如駿馬甩尾，令人眼花撩亂地長出多過於現金無盡揮霍的潛能。於是，現實的邊界被暴漲的潛能踰越且擴張，小炎的金錢帝國在眾人既正視又罔然的歷史現實中逐層砌起，寓意深遠地教誨我們，並非謹守現實便能避開虛擬，因為虛擬不在彼處，而是復甦於現實活化之中。

胡淑雯小說裡除了小炎，以及追著小炎賺錢祕辛跑的一票老同學之外，第三條主線是小香。小香國中時一度與小炎約會，她是唯一一個沒有投資小炎的人。小香的在場使小說空間分裂成三重不同切面：小炎通過神祕兮兮的內線，與幫朋友守密的江湖義氣所創造出來，雲霧繚繞且黑幕重重的面向；老同學們從小炎高人高語的話術裡，自動折射出黃澄澄、金山銀山重層疊交叉夜夜笙歌的景觀；另外還有小香的第三個世界，那是兩小無猜的純真年代。小炎始終很在意小香、不處理她的錢、不與她產生金錢關係，會猝不及防地現身眼前，而她會在意自己狼狽的臉被小炎撞見。三種不同現實的拼貼，小炎猶如畢卡索立體派時期的畫作，不同角度切割出差異的臉像。被重層疊影的小炎既不純粹是流氓或詐欺犯，也不只是念舊情的故人，他流轉在各種可能性之間，沒有任何一重現實能被單向確立。即使保留一個沒有被小炎掏空的小香也不是為了在小說中搭建一道不可撼動的現實牆面。小香沒有像其他老同學一樣從小炎的蛻變中看見潛在的財富，並非因為對小炎的變化視而不見，或睿智地看穿搬錢伎倆，對千變萬化的慾望誘惑無動於衷。恰恰相反，小炎一語道盡她實際所是：「緊緊守住自己的劣勢，從不承認自己的優勢。」有別於眾人方向一致地將小說導引往揭露人性貪婪的共通弱點，小香背對目標，反向起跑，使敘事主題的眾矢之的又讓出轉圜餘裕，在貌似的行徑中植入人各異志的潛在可能性。小香參與聚會不是為了探聽內線，而是想吃好喝好，不跟風投資不是因為看出騙局，只是缺錢，她收禮物不是舊情復燃，而是拒絕一來一往的糾纏。她做為不可測的變因，將小說中的現實維繫在定位前的躁動，就像陳雪小說中糾葛在三位情人之間的玫瑰／茉莉。玫瑰是麥可在Blue Bay酒吧結識的假面茉莉，有婦之夫清仁的小三，以及連續色情騷擾電話的受害人。徘徊於他們仨，玫瑰長出不同的脾氣。在清仁眼中，她孤寂安靜地躲在漫長的等待裡，戀情曝光後，她被包裹進深沉的悲傷與麻木，封住了渴望對他傾訴一切的嘴。麥可覺得茉莉特別瘋，明明不想與她扯上比一夜情更多的關係，卻又害怕她出事回來找她。深夜話筒裡傳來的男聲原是隨機選擇猥褻的受害者，未料他的撩撥不同既往經驗般被嫌惡，不僅得到回應，甚至被期待。於是一次的偶然延長成連續三十日的約會，準點電話化身最完美的情人。玫瑰對清仁無話可說，茉莉與麥可的一夜情乏善可陳，電話裡的性滿足拿來權充戀愛，捉摸不定的態度任誰都看不清她容顏改易底下的真實感受。玫瑰愛著清仁嗎？如果愛，為何偷情卻又不覺得不忠？茉莉情鍾麥可嗎？要是不愛，為何不由分說硬將話筒裡的男人冠上麥可的名字？色情電話是她的真愛嗎？倘若如此，為何當他公開身分後，她突然察覺那不過是陌生人？玫瑰自相矛盾的言行舉止像她不斷換殼的身分，馬不停蹄的表態從未有任何確鑿的核心意義進駐。小說最後，麥可一再追問：「妳到底想要什麼？」玫瑰哐啷醒察，自己想要的說不出口，彷彿她不配得到之物：愛情。莎士比亞的喟嘆轟然響起：玫瑰即使換了名字，仍舊同樣芬芳。縱使物換星移，渡換姓名，本質亦毋有須臾改異。清仁也好，麥可或話筒裡的情人也好，玫瑰遊走在三人間，尋找的其實是同一個對象，眾裡尋他千百度，驀然回首，那人卻在，燈火闌珊處。然而倘若我們以為終能把愛情標記為玫瑰的對象，真相大白，恐怕又再次陷入語言符號的誤導。愛情並非物件、對象、性質或度量，它非此非彼，不在任一處卻又並非不在，由是它可以被指稱於所有行動、姿勢或表態，卻未須臾被瞄準。一旦高呼愛情的名字，在《羅密歐與茱麗葉》、《金瓶梅》、《紅樓夢》或《傾城之戀》裡大相逕庭的愛情將展開無休止地相斥互異，終至玉碎貌無可辨。當愛情尚未成形，玫瑰可以長久等待清仁、轉瞬邂逅麥可、夜夜煲電話粥以便冥冥中摸索愛情的形貌，然而它必然瓦解於脫口而出的剎那。因為愛情是名實相符之不能，它並非具體對象，可感受卻無法永久留存，就像代表愛情的鑽石最終只能留下鑽石而非愛情。因而縱使玫瑰僅止於自語：「我想要你愛我」，「消失」總已是愛情終局的判決。由是，在莎士比亞之後，葛楚斯坦(Gertrude Stein)必然會說：玫瑰是玫瑰是玫瑰是玫瑰……由同一所揭開的將是永恆不同的序幕。

陳雪以愛情的追尋來勾勒言說與經驗的間距。言行合一、言之有物或名實相符皆要求語言與指涉對象的一致，暗示了兩者在事實上的分離。要求同物相同無異於畫蛇添足，唯有面對不同之物，才有要求統一的必要，換言之，一致性的潛在前提是差異。因而言之有物不必然成理，語焉不詳亦不無意義。入夜後，當麥可問初次見面的玫瑰：「等會要不要去兜風？還是去外面逛逛？」她沒有聽不出上床的邀請，然而她既非上道地虛應故事，亦非單刀直入地切進主題，卻選擇說：「我就住在附近。」一出一入看似反向的對談，卻得出想在一起與一夜情的相同結論。小說不斷搖晃出言行的分裂，清仁嘴裡提請忍耐卻爆發無比的激情，麥可讓玫瑰多注意自身安全的同時正在強暴她，最讓玫瑰動情且實質感受到的是在電話裡以語言想像的性交。由是，言說不抽象，並非在經驗世界裡總已備妥了與之相稱的對象（否則玫瑰殷殷尋覓的愛情不會找不到），而是言說終將被嵌入現實中相符的框架之中。言說的現實來自它具備使現狀變質的潛力，就像話筒內外，所說不等於所是，所說因為不在場的所是反而被解除指名的限定，所說總已多過所是，而產生了近乎像咒語的能力。它蛻變為任意可操弄的符號，像巫術般讓現實應驗著詛咒，讓嘴炮蛻變出毀謗的威力。於是，預言可以左右決策，符籙用以恫嚇兼治病，花言巧語動人心弦，厲聲叱斥聞之膽寒。言說並非再現經驗，而是道出現實的潛能，這正是顏忠賢小說圍繞「痛」做為主題的要義。小說主角「她」一生被各種疼痛纏祟，她求助於整骨老醫生、馬戲團團長、他人的經驗，甚至向夢中已死去的自己請示消除痛的方法，然而最終卻無法得到根治。因為痛與其說是一種具體的疾病，毋寧更接近純粹的徵兆，它既代言疾病卻又有別於它，它使人察覺有病，但移除痛卻不能根除疾病。只要疼痛存在，即使病源消失，也無法結束病識感。於是幻肢會痛，目睹他人受傷，自己相應的器官也跟著隱隱作痛。痛不等於疾病，卻使之可感，甚至開發新病。因而主角「她」用剝落、恐慌、分娩、裂痕、怪事、怪夢、怪姿勢、半死屍體、血淋淋、瘀血、瘀青、廢墟等動作或情境來描摹痛，比起怪病，她所承受的痛更像接二連三降臨的不幸與惡運，存在卻未必能解釋。痛並非體徵，體徵是外部能觀察的客觀事實，例如升高的體溫，心跳的速率，體徵因具有普遍標準而缺乏特異性，痛卻是因人而異。它來自病人的主觀感受，既無法直接測量，也可能被任何事物承載，在顏忠賢小說中，它被擴大為一切事件的徵兆，使全體無一不作痛。不僅痛是痛，即使是汗流浹背、略帶腐爛發臭但不明顯的異味、老化萎縮、報廢、結婚離婚等看似無關的日常瑣事也紛紛投入引發痛覺的一環，弔詭地擴張了既有認知中的痛感範圍。無所不在的痛亦取消了引發痛的確切起源，那可以是鬼壓床、骨刺、演練高難度馬戲招式或放血，重層疊瓣的痛因使得徹底脫離痛不再可能，相反的，痛成為認識身體的開端，因此小說提到：「痛一消失……肉身反而只想完全放棄」。失去痛，身體不在，就像卡夫卡認定自己與肺結核之間出生入死的一體兩面，當他倒下，他的肺結核隨之滅亡，絕不獨活，這使它成為卡夫卡最忠誠的跟隨者，有肺結核才使卡夫卡之謂卡夫卡。顏忠賢小說最後同樣把痛視為神蹟，痛的存在將確認著肉體不滅，只要仍感疼痛，便依然在世。痛於是成為真切活著的徵兆，唯有恆處在痛中，存在瞬息可感。

顏忠賢把小說化為痛覺書寫，主角或情節與其占據敘事主軸，毋寧更是為了離琢感覺的在場，因而被具體呈顯的不是人物的性格或面孔，亦非究竟發生何事，而僅是一波波襲來的痛、更痛、繼續痛……然而痛做為小說的唯一主題卻不存在一致的方向，於是讀者無法經由小說建立疼痛的明確知識。恰恰相反，不斷位移的痛點、無所不痛，與痛到曲扭的肉體皆使人對這似乎不見盡頭，持續溢出的痛，感到永無休止與無孔不入的惶惶不安。一旦痛蛻變為所有的事物，則痛覺不再相符於慣常經驗，換言之，用常識來思考顏忠賢小說裡的痛不再能理解而感到心安，相反，小說使人一再陷入痛的困惑，察覺到自己根本不認識亦不曾痛過。於是小說逐步洗白讀者對痛的感知，並通過書寫重新塑造了綿綿不絕迎來的痛感，想像痛踰越痛的經驗，通過製造「有一種痛叫作你不知道這樣會痛」，使痛會痛，不痛更痛。顏忠賢通過變奏痛覺，逐漸竄改人對痛的既有感知，從表皮痛入骨髓。經驗蛻變為虛擬的最大難度是如何在力量盡釋才能碰觸現實的同時，返回保存無限可能性的潛能狀態，這意味著把威力的極大化擠壓進最微小的奈米分子，使二者間的反差共存於書寫平面，使廢墟重綻為希望，完結即是重啟。由是在實現之後的潛能並非破壞現狀，退回此前的潛能，而是歧出另一維度，讓此時此地的實現成為尚未開發之（未知）現實的潛能，就像童偉格虛實交疊的開場：「這篇小說結束時，我們的主角島津，想像自己晚生了三十年。他不會在小說開頭設定的時間點，走進羽田機場入境大廳，同時，想起祖父的最後一回飛行。」小說始於收場，然而結束才正要啟動，甫歸來的島津想起祖父的出航。起點即終點，回歸正準備啟程，在力量收攏與萌發間，敘事既靜亦動，像暴風雨前的寧靜。主角島津想像晚出生三十年的自己，一個將差異於自己所思所為的「他不會……」，如是以否定展開的想像把小說切成二重空間，相隔三十年的兩個島津。一般而言，讀者通過閱讀理解作者所欲傳達的事件，被寫下之物是啟動思考的根源。然而童偉格卻在關於島津的敘事前冠上否定，換言之，讀者讀到的都不是應當思考而是不會被思考之物，因為島津想像的不是自己，而是晚出生三十年的自己，不是以「他會」來形構想像內容，而是以「他不會」取消想像的可能性。想像延遲出生所造就的是另一個自己，這有別於想像自身的未來。島津的未來延續自他過往的經歷，他可以爬梳自己的生平，與祖父的關係及對太宰治文學的研究去想像自身未來的光景，相反，延遲出生則使年輕三十歲的島津與他至今經驗的歷史之間出現間隔（東京多發展了整整三十年），剪斷彼此的連續性。未來與延遲誕生於是涉及了二重不同的想像：奠基於經驗延伸出可想像的未來，以及切斷經驗轉往不可想像之未來。就像小說最後，島津在機場「目送年輕三十歲的自己出電車，走入羽田機場最新的航廈」，相同卻有著時差的兩人，同樣面對機場已重新國際化且填海又擴建，生於全球化時代的年輕人不會像島津那樣，想起二戰時此處的占領史，亦不會執著於勾勒祖輩曾如何用手上的油漆刷抹消帝國痕跡與執行過無數天際任務的自己。延後三十年誕生的島津「他不會」想著此刻被讀者閱讀的敘事，就像屬於島津的經驗不曾實現，然而否決島津的所思所想亦無法做為其延後誕生之經驗的實現，因為否定抹消而非確立事件。不過，島津以消抹自身經歷的方式想像延遲誕生的自己，亦使他對另一個自己並非一無所知，相反的，消抹總已指向另一種可能的方向，使消抹從終結接往開場：「否證自身，也必然形成某種隱喻。」島津認為晚生三十年的自己不會和他一樣，換言之，終結他的歷史才能使另一個自己進場，就像祖父用油漆刷掉自己前半生的同時轉生為「一名自島津有記憶以來，就頗和氣的老髹飾工。……彷彿千年以來，他們都就是這般生活」。童偉格在小說中置入時差與否定，使寫下之物同步否決了發生的可能性，島津所想的是「他不會⋯⋯」，由是，否定書寫取消其現實性，就像敘事末了讀者將發現，小說始終滯留於結束／開場的原點。不過，島津原地踏步的想像已經讀取無從退還，亦因否定導致無任何構成，只能以延遲誕生的結局重複，停留在小說開始底定以前。

童偉格讓小說游移在各種相似的聚合與分離之間：太宰治亡故地點對看著島津家族的誕生地，大正天皇的停靈所後來舉辦了島津祖父的葬後謝宴，島津在大正紀念館的假山上冷晾過自己的腳，蕭紅凍傷未癒的腳趾頭在過暖的聚會場所靜靜地使她痛楚著，魯迅與蕭紅的相互賞識，太宰治《惜別》與魯迅〈藤野先生〉的互文，蕭紅離世的場景神似最初她離鄉入世之景，島津隨後提到，如果祖父早生七十年的話，他將發現帝國敗亡的場景神似其萌芽之境⋯⋯人物一個勾出另一個，不斷交錯又分手，因重複而共振，因反向又離異，太宰的死亡對峙著島津之生，帝國寓所最終被日常化，島津與蕭紅的腳趾一冷一熱，太宰治與魯迅一消一漲。相似就像暗箱，讓讀者想像其中必有連串的套盒，無數機關，巧合萌生想像，寄託故事，然而這些關連亦「摘要自空無，像個虛詞，令其疊沓一切，寄存某種『文学的』雙義性」。文學無非來自從未兌現的看似關連，一旦說實或真相大白，往往就是小說終止之處，由是卡夫卡遊走於狀似、好像、假設、但是、或許等因相似產生勾連卻又通過差異轉折而延伸出膨脹的文學空間。童偉格則視之為「一個無限趨小，卻終不能合圍成實的神祕空洞」，空洞的無核心迫使想像以不斷趨近卻又無法抵達的方式展開永恆的運動，沒有被填死，才能容納更多的想像，構成源源不絕的文學創作。因而文學總已蘊藏想像而蓄勢待發，它做為現實的潛能，無非就是虛擬本身。童偉格小說最後的結語引人深思：「因為這是小說以前，我們早就知道的事實，所以小說在此結束。」事實只存在小說之前或結束，一旦開啟小說／文學之門，我們便返回到那難以斷言卻充滿遐想的暗箱裡。

普魯斯特讓《追憶似水年華》結束在創作開始前，用尚未誕生的作品貯存了無窮潛能。沒有什麼比停留在偉大航線啟程前更具希望與無窮生機的，只要一切仍屬未知，尚未成為經驗，便什麼也沒說死，萬事盡皆可能。一旦由虛轉實，事物便趨於死亡，死亡與實現在此成為同義複詞。實現將結果定於一尊，終結想像力對事物潛能的開發，在一樁凶殺案偵破之前，全民皆是凶手，無事不令人生疑，沸沸揚揚滾出生機，因此懸案不死，破案則形同劇終。由是，蟄伏於潛能或停留於未知絕非什麼都不說，普魯斯特以小說七卷搭建了作品的開場，字母V的六位小說家讓「虛擬」查無真相，他們看似探討相同主題，卻也同步移轉焦點，使任何實現一發生立即遁回潛能狀態，形成不斷流轉的，對虛擬概念的思考活體。

作者簡介

◉策　畫

楊凱麟　一九六八年生，嘉義人。巴黎第八大學哲學場域與轉型研究所博士，臺北藝術大學藝術跨域研究所教授。研究當代法國哲學、美學與文學。著有《虛構集：哲學工作筆記》、《書寫與影像：法國思想，在地實踐》、《分裂分析福柯》、《分裂分析德勒茲》、《發光的房間》與《祖父的六抽小櫃》等。

◉小說作者（依姓名筆畫）

胡淑雯　一九七〇年生，臺北人。著有長篇小說《太陽的血是黑的》；短篇小說《哀豔是童年》；歷史書寫《無法送達的遺書：記那些在恐怖年代失落的人》（主編、合著）。主編《讓過去成為此刻：臺灣白色恐怖小說選》（合編）。

陳　雪　一九七〇年生，臺中人。著有長篇小說《無父之城》、《摩天大樓》、《迷宮中的戀人》、《附魔者》、《無人知曉的我》、《陳春天》、《橋上的孩子》、《愛情酒店》、《惡魔的女兒》；短篇小說《她睡著時他最愛她》、《蝴蝶》、《鬼手》、《夢遊1994》、《惡女書》；散文《像我這樣的一個拉子》、《我們都是千瘡百孔的戀人》、《戀愛課：戀人的五十道習題》、《臺妹時光》、《人妻日記》（合著）、《天使熱愛的生活》、《只愛陌生人：峇里島》。

童偉格　一九七七年生，萬里人。著有長篇小說《西北雨》、《無傷時代》；短篇小說《王考》；散文《童話故事》；舞臺劇本《小事》。主編《讓過去成為此刻：臺灣白色恐怖小說選》（合編）。

黃崇凱

一九八一年生，雲林人。著有長篇小說《文藝春秋》、《黃色小說》、《壞掉的人》、《比冥王星更遠的地方》；短篇小說《靴子腿》。

駱以軍

一九六七年生，臺北人，祖籍安徽無為。著有長篇小說《明朝》、《匡超人》、《女兒》、《西夏旅館》、《我未來次子關於我的回憶》、《遠方》、《遣悲懷》、《月球姓氏》、《第三個舞者》；短篇小說《降生十二星座》、《我們》、《妻夢狗》、《我們自夜闇的酒館離開》、《紅字團》；詩集《棄的故事》；散文《胡人說書》、《肥瘦對寫》（合著）、《願我們的歡樂長留：小兒子2》、《小兒子》、《臉之書》、《經濟大蕭條時期的夢遊街》、《我愛羅》；童話《和小星說童話》等。

顏忠賢

一九六五年生，彰化人。著有長篇小說《三寶西洋鑑》、《寶島大旅社》、《殘念》、《老天使俱樂部》；詩集《世界盡頭》；散文《壞設計達人》、《穿著Vivienne Westwood馬甲的灰姑娘》、《明信片旅行主義》、《時髦讀書機器》、《巴黎與臺北的密談》、《軟城市》、《無深度旅遊指南》、《電影妄想症》；論文集《影像地誌學》、《不在場——顏忠賢空間學論文集》；藝術作品集：《軟建築》、《偷偷混亂：一個不前衛藝術家在紐約的一年》、《鬼畫符》、《雲，及其不明飛行物》、《刺身》、《阿賢》、《J-SHOT：我的耶路撒冷陰影》、《J-WALK：我的耶路撒冷症候群》、《遊——一種建築的說書術，或是五回城市的奧德塞》等。

◉評論

潘怡帆

一九七八年生，高雄人。巴黎第十大學哲學博士。專業領域為法國當代哲學及文學理論。著有《論書寫：莫里斯·布朗肖思想中那不可言明的問題》、〈重複或差異的「寫作」：論郭松棻的〈寫作〉與〈論寫作〉〉等；譯有《論幸福》、《從卡夫卡到卡夫卡》，二〇一七年以《論幸福》獲得臺灣法語譯者協會第一屆人文社會科學類翻譯獎。

字母會V虛擬

作者——楊凱麟、胡淑雯、陳雪、童偉格、黃崇凱、駱以軍、顏忠賢、潘怡帆
總編輯——莊瑞琳
責任編輯——吳芳碩
校對——王梵
裝幀設計——霧室
排版——張瑜卿
行銷企畫——甘彩蓉

出版——春山出版有限公司
地址——臺北市文山區羅斯福路六段二九七號十樓
電話——〇二—二九三一—八一七一
傳真——〇二—八六六三—八二三三

經銷——時報出版企業股份有限公司
地址——桃園市龜山區萬壽路二段三五一號
電話——〇二—二三〇六六八四二

製版——瑞豐電腦製版印刷股份有限公司
初版——二〇二〇年二月
定價——二二〇〇元（套書不分售）

國家圖書館出版品預行編目資料

字母會V虛擬／楊凱麟等作
－初版－臺北市：春山出版，2020.02
面；公分
ISBN 978-986-98042-9-5（平裝）
863.57　　108019336

春山出版
EMAIL SpringHillPublishing@gmail.com
FACEBOOK www.facebook.com/springhillpublishing/
填寫本書線上回函

L'abécédaire de la littérature: Ultime